MW01017445

LES BÊTES SUPRÊMES

ANIMAL TOTEM

Pour Savannah, Sydney, Elisabeth, Adrienne, Daniel,
Tex, John Marcus, Aidan et Nadia. Et pour Theo et
Sebastian, deux chiens qui n'ont jamais trouvé une
pomme pas à leur goût.

– V. J.

Titre original : *The Return*

Les données de catalogage avant publication sont disponibles.

Copyright © Scholastic Inc., 2016.

Copyright © Bayard Éditions, 2017, pour la traduction française.

Édition publiée par les Éditions Scholastic, 604, rue King Ouest,
Toronto (Ontario) M5V 1E1

5 4 3 2 1   Imprimé en Italie CP126   18 19 20 21 22

VARIAN JOHNSON

LES BÊTES SUPRÊMES

ANIMAL TOTEM

3

LE RETOUR

Traduit de l'anglais (États-Unis)
par Marie Leymarie

Éditions
SCHOLASTIC

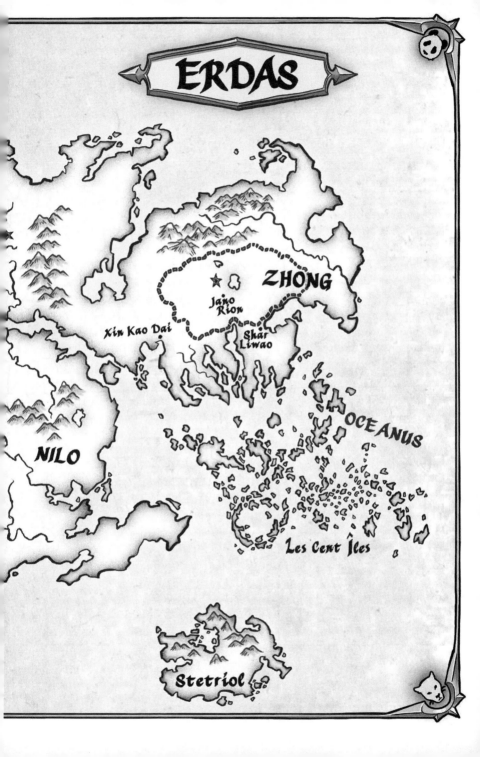

Zerif

Zerif coinça ses doigts dans une petite crevasse et se hissa sur l'étroit rebord rocailleux. Les majestueuses cimes des montagnes Kenjoba se dressaient devant lui. Depuis la vallée lui parvenaient encore les cris des guerriers niloais et des Capes-Vertes à ses trousses. Ils le pourchassaient depuis des jours. Il avait cru qu'il pourrait se cacher dans un des villages du sud du Nilo, mais,

rapidement, quelqu'un l'avait reconnu et avait alerté les autorités. Il s'était enfui dès qu'il avait aperçu le premier Cape-Verte dans le petit village.

Maintenant que la guerre était terminée, Zerif découvrait qu'il ne lui restait que très peu d'alliés. La plupart des Conquérants s'étaient rendus dès qu'ils avaient perdu le contrôle de leurs animaux totems, grâce à la destruction de l'Arbre Éternel qui annulait les effets de la Bile de Gerathon. Les rares combattants encore loyaux au Roi Reptile ne voulaient plus rien avoir à faire avec Zerif. Ils l'auraient sûrement livré aux Capes-Vertes eux-mêmes s'ils avaient pu.

Même le chacal de Zerif n'était pas resté à ses côtés. Comme les autres animaux, il avait abandonné son humain aussitôt que celui-ci avait perdu son contrôle sur lui.

Heureusement que Zerif ne s'était pas embêté à lui trouver un nom.

Peu importe, se disait-il. *Je suis Zerif. Je finirai par triompher. Comme toujours.*

Il s'éleva jusqu'à la crête suivante, s'égratignant le visage et les mains pendant son ascension.

Sa tunique bleue, déchirée et usée, battait dans le vent déchaîné. Les rafales changèrent de direction et soudain une puanteur de pourriture lui envahit les narines. Il regarda autour de lui. À sa droite, sur un autre rebord, de grandes buses noires dévoraient les restes d'un animal. Zerif recula pour prendre le plus d'élan possible et il s'élança dans les airs, ses jambes affaiblies se débattant furieusement. Il atterrit de justesse sur la crête, manquant tomber dans le vide. Quand il reprit enfin son équilibre, il se rua sur les oiseaux pour les chasser.

Il se pencha sur la carcasse en décomposition. Il ne restait plus grand-chose du chien sauvage, quelques lambeaux de chair pendaient encore à ses os desséchés, et son pelage était complètement ravagé. Zerif ramassa pourtant la dépouille et la balança sur son épaule. Un des Capes-Vertes était accompagné d'un renard ; il espérait ainsi camoufler sa propre odeur.

Après avoir progressé encore pendant quelques heures, Zerif arriva devant une longue fente dans la pierre. Au prix de gros efforts, il s'y engouffra. Çà et là, des carrés de mousse verte recouvraient les parois lisses et froides de la petite caverne, à peine assez grande pour qu'il s'y asseye. Il tremblait si fort que ses dents s'entrechoquaient et ses doigts étaient bleus, mais il n'osait allumer un feu.

La colère grondait en lui. Cela n'aurait pas dû se passer ainsi. Il s'était allié avec les Conquérants et ils l'avaient lâché.

Zerif posa la carcasse à côté de lui et se recroquevilla. Patiemment, il élaborerait un nouveau plan. Les Capes-Vertes allaient bien finir par arrêter leurs poursuites.

Et alors, très bientôt, il allait redevenir aussi fort et puissant que par le passé.

Deux jours plus tard, il n'était toujours pas sorti de sa cachette.

Chaque fois qu'il envisageait de remonter à la surface, il croyait entendre les pas des Capes-Vertes ou les cris des guerriers niloais. Peut-être que ce n'était que le vent. Ou des rochers qui dégringolaient sur le flanc de la montagne. Peut-être qu'il rêvait ces bruits. Il avait essayé de manger de la mousse pour reprendre des forces, mais avait vomi l'herbe amère dès qu'elle avait atteint son estomac.

Et c'était là que, le visage collé contre le sol, il avait vu pour la première fois le ver gris ramper devant lui.

Il était petit et étrange, et d'une fluidité surprenante : on aurait dit une volute de fumée. Il avançait vers Zerif avec une détermination inquiétante, comme s'il était parfaitement conscient de sa présence. Zerif n'avait jamais rien vu de tel.

Qu'est-ce que c'est ? Une sangsue ? Une limace ? Est-ce comestible ?

Zerif secoua la tête, indécis. *Le puissant Zerif est-il tombé assez bas pour se laisser tenter par l'idée de manger un ver de terre ?*

Il ramassa le lombric pour l'étudier, mais la bête se tortilla sur sa main bien plus rapidement qu'il ne s'y était attendu. Avant qu'il s'en aperçoive, le ver avait atteint son coude. Zerif agita le bras de toutes ses forces, mais sans parvenir à l'en déloger, et le ver s'introduisit dans une entaille profonde sur son épaule. Paniqué, Zerif se jeta contre le mur de pierre, dans l'espoir de le broyer. Comme cela n'avait pas suffi, il s'empara d'un caillou pointu pour retirer le lombric de sous sa peau.

Rien n'arrêtait la créature. Elle progressa en lui, jusqu'à sa clavicule, pour remonter vers son cou et son visage. Zerif la sentait s'entortiller. Il poussa un hurlement de peur et de douleur. Le ver, enroulé sur lui-même, s'arrêta sur son front.

Zerif se débattit, enfonçant ses ongles dans sa peau.

Et, soudain, il se figea. Ses jambes et ses bras s'immobilisèrent. Ils ne lui appartenaient plus.

Doucement, il entendit de lointains murmures du passé résonner dans son esprit. Presque inaudibles au début, ils s'intensifièrent et vinrent alimenter le courroux et la haine déjà présents dans son âme.

Le pouvoir irradia en lui. Il se leva. Il n'avait plus ni faim ni mal. Il percevait des voix qui lui ordonnaient de partir. Vers le nord. Un être d'une grande puissance l'y attendrait. Un aigle.

Halawir.

Soudain, Zerif se retrouva entouré par des centaines de petits vers gris. Ils suintaient des rochers tel du liquide opaque. Des parasites. Ses alliés.

Avec leur aide, Zerif retrouverait sa place.

Il serait craint et vénéré.

Il dirigerait le monde.

Ondulations

T akoda était assis au bord de la mer de Soufre. L'eau jaune et abrasive léchait le cuir usé de ses bottes, mais il ne voulait pas reculer. C'est de là qu'il avait la meilleure vue sur la mer infinie, les falaises escarpées et la petite bande de plage entre les deux.

Il scrutait le paysage à la recherche de la peau pâle de Xanthe et de ses cheveux blancs. Il savait

qu'elle allait les trouver. Il le fallait. Il refusait de penser le contraire.

Cela faisait combien de temps qu'ils l'avaient perdue, depuis leur traversée périlleuse des champs arachnéens ? Quelques heures ? Des jours ? Plus longtemps encore ? Même s'il ne la connaissait que depuis peu de temps, il en était venu à apprécier leurs longues marches. Elle semblait aussi fascinée par la vie de Takoda chez les moines qu'il l'était par son existence souterraine. Elle n'était pas que leur guide. Elle était leur amie. *Son* amie. Et désormais elle avait disparu. Tout comme ses parents, pendant la guerre.

Plus loin sur la rive, Meilin et Conor vidaient une grande courge mauve. Ils en avaient trouvé un champ entier en explorant les grottes de la falaise. Le fruit puait tellement que Takoda avait failli rendre le peu de nourriture qu'il avait dans le ventre. Mais après un essai, ils avaient conclu que son écorce dure pourrait les transporter en mer.

Takoda entendit des pas derrière lui, mais resta sur place. Même le sable fin de la mer de Soufre n'étouffait pas les lourdes foulées de Kovo, la Bête Suprême. Son animal totem.

Quelques semaines plus tôt, Takoda n'aurait pas eu besoin de l'entendre approcher pour sentir sa présence. Elle ne le quittait pas, toujours à l'orée de ses propres pensées. Même s'il avait trouvé cette sensation étrange au départ, il avait fini par s'y habituer. Elle lui rappelait le bourdonnement constant d'un colibri à côté d'une fleur. Mais, à présent que les liens entre les animaux et leurs humains se distendaient, il ne sentait pratiquement plus le gorille en lui.

Takoda avait d'abord considéré cet éloignement comme une bénédiction. Il serait peut-être enfin débarrassé du gros singe, ce traître fourbe responsable des deux guerres de l'Erdas. Pourtant, maintenant, Takoda ne pouvait plus imaginer la vie sans Kovo.

D'autant que, depuis leur association, Takoda éprouvait moins de colère et de douleur au sujet de la mort de ses parents. Le tourbillon dans son cœur s'était apaisé, il ne le rongeait plus avec la même puissance. Takoda pouvait le supporter. Mais la disparition de Xanthe l'avait ravivé.

Kovo lâcha une grande poignée d'algues à côté de Takoda. Sans Xanthe, Takoda et ses compagnons n'avaient aucun moyen de faire la différence entre la végétation comestible, qui pourrait les nourrir, et celle qui risquait de les intoxiquer ou pire. Pendant une de ses explorations, Meilin avait fini par trouver des herbes que Xanthe leur avait appris à sucer pour en tirer les éléments nutritifs. Même en son absence, Xanthe les sauvait.

Kovo donna une tape à Takoda pour forcer le jeune garçon à le regarder. Celui-ci était souvent surpris par la délicatesse du gorille. Quand Kovo fut certain d'avoir capté l'attention du garçon, il pinça les doigts et les approcha de sa bouche.

– Merci. Mais Conor et Meilin ont déjà mangé ?

Takoda crut voir le gorille lever les yeux au ciel.

Kovo et Meilin ne s'aimaient pas. Jamais ils ne le reconnaîtraient, mais ils se ressemblaient à maints égards. Les deux étaient des meneurs d'hommes qui *exigeaient*, quand demander aurait été bien plus simple.

Pour ce qui était de Conor, Takoda avait l'impression que Kovo ne tenait déjà plus compte de lui. Les symptômes de sa maladie s'aggravaient de jour en jour. Le parasite progressait moins vite, mais il ne s'était pas arrêté. Bientôt, Conor serait entièrement possédé.

Takoda ramassa une partie des herbes et tenta de les rendre à Kovo.

– Eux aussi, ils ont besoin de se nourrir. Et ils se sentiraient sûrement plus à l'aise en ta présence, si c'était toi qui leur apportais ces algues.

Kovo grogna et remonta sur la plage, vers les falaises, ses poings s'enfonçant dans le sable. Les herbes se couvrirent de poussière et de crasse.

Takoda laissa échapper un soupir en se relevant. Il nettoya les algues autant que possible et partit vers Meilin et Conor. Il avait proposé son aide pour la confection du bateau, mais Meilin l'avait dispensé de cette corvée quand elle avait remarqué qu'il passait plus de temps à scruter l'horizon qu'à creuser dans la courge.

Briggan se redressa et tourna autour de Takoda.

– Désolé, ce n'est pas de la viande, lança le garçon à l'adresse du loup.

Briggan lâcha un gémissement de dépit avant de retourner auprès de Conor. Le loup n'avait pratiquement plus quitté son humain depuis que le feu avait pris sur la toile d'araignée, même s'il détestait sentir le sable noir sous ses pattes.

– Kovo a trouvé d'autres algues, annonça Takoda à Conor.

De la sueur couvrait le front du jeune homme, et Takoda se demanda si c'était l'effort qui le faisait tant transpirer... ou le parasite lové au creux de son cou. Il comprenait pourquoi Meilin les pressait tellement. Le temps leur était compté.

– Merci, grommela Conor. Une pause ne me fera pas de mal.

– Tu es sûr que ce sont de bonnes algues? demanda Meilin sans cesser de gratter la courge. Ça ne m'étonnerait pas que Kovo veuille nous empoisonner.

– Quand vas-tu apprendre à lui faire confiance? demanda Takoda en secouant la tête.

– Jamais, répondit Meilin, tranchante.

Takoda éclata de rire, mais s'arrêta net en comprenant que Meilin était sérieuse. Il croqua dans la plante filandreuse.

– Ce sont des algues, dit-il en mâchant. Pas de doute là-dessus.

– Parfait. Il faudra qu'on en fasse des réserves pour le voyage.

Meilin posa la pierre qu'elle utilisait pour vider la courge et s'étira les mains. Elles étaient rouges et abîmées d'avoir tant travaillé.

– Qu'est-ce que tu en penses, Conor? Ça suffit?

Comme le garçon ne répondait pas, Briggan le poussa du bout de son museau.

Conor plissa les yeux et regarda tour à tour le loup et Meilin.

– Désolé. Tu disais?

– Rien d'important.

Meilin ferma les paupières et effleura le tatouage sur sa peau en grimaçant. Quelques secondes plus tard, Jhi apparut.

– Tu devrais aller te reposer. Jhi va te soigner pendant que Takoda et moi, on charge des provisions. On partira dès qu'on aura fini.

Takoda s'affola. Il cracha le morceau d'algue qu'il avait dans la bouche.

– Déjà ? Tu devrais peut-être dormir un peu toi aussi. Kovo et moi, on prend le premier tour de garde...

– Sûrement pas, trancha Meilin.

– Même si tu n'as pas confiance en Kovo, tu peux compter sur moi, quand même.

Il passa sa cape verte sur ses épaules.

– N'oublie pas qu'on est du même côté.

Jhi, la femelle panda, qui s'occupait de Conor, s'interrompit pour assister à l'échange entre Takoda et Meilin. Elle s'assit doucement sur le sable, ses oreilles noires tressautant. Ensuite, elle se pencha sur Conor et lui lécha la peau, mais son regard resta fixé sur les deux enfants.

– Ce n'est pas un problème de confiance, assura Meilin. Mais nous n'avons pas un instant à perdre.

Elle contourna leur bateau de fortune pour se poster devant Takoda.

– Attendre une journée de plus ne la ramènera pas.

Avec son franc-parler, c'était comme si elle lui plantait un couteau dans le cœur.

– Qu'est-ce que tu en sais ? s'emporta Takoda.

Il perçut la colère dans sa propre voix. Les moines n'auraient pas été contents de lui.

– Xanthe connaît ces grottes mieux que nous tous. Elle va finir par nous retrouver.

– Takoda, lâcha Meilin sur un ton compatissant qui ne fit qu'enflammer Takoda encore davantage. Ça fait au moins deux jours. Elle aurait déjà dû revenir.

Elle tourna la tête vers la mer.

– Cape-Verte confirmé ou pas, tu as le devoir de sauver Sadre *pour* Xanthe. C'est ce qu'elle aurait voulu.

Takoda ignorait s'il restait même quelqu'un à sauver à Sadre. La plus grande partie de ses habitants avait péri, massacrés par le Wyrm et ses parasites.

– Aide-moi à rassembler le matériel pour le voyage, demanda Meilin en posant sa main sur l'épaule du jeune garçon. Il nous faut une rame pour avancer.

Il se dégagea.

– Je ne sais pas si je deviendrai jamais un Cape-Verte *confirmé*, si pour cela il faut se montrer

tellement impitoyable. Je suppose que la grande Meilin du Zhong n'a jamais perdu un être cher.

Meilin ouvrit de grands yeux, qui se rétrécirent aussitôt.

– Très bien, reste ici et pleure sur ton triste sort, je vais me débrouiller seule.

Elle fit volte-face et s'élança vers la plage.

Takoda la regarda disparaître dans une grotte. Le goût amer dans sa bouche n'était pas dû aux algues.

Il remarqua que Jhi l'observait toujours. Leurs regards se croisèrent et Takoda sentit qu'elle pénétrait dans son âme. Sa colère s'apaisa doucement. La faim qui rongeait son estomac, la tristesse d'avoir perdu Xanthe et ses parents, et même le désespoir de cette mission, tout s'estompa en lui.

Quand les battements de son cœur eurent retrouvé un rythme normal, Jhi le libéra. Elle dirigea ensuite son regard vers la grotte dans laquelle était entrée Meilin.

Takoda poussa un profond soupir et fit le tour de la courge pour rejoindre Jhi et Conor. La colère qui l'avait habité était désormais remplacée par de la honte.

– Merci, Jhi, lança-t-il en s'agenouillant auprès d'elle. Conor, tu penses que Jhi veut que je suive Meilin?

– Laisse-la se calmer d'abord.

Conor caressa la tête de Jhi entre les deux oreilles.

– Mais tu peux y aller, si tu veux, dit-il au panda.

Jhi contempla Conor et pencha la tête.

– Ça ira, assura Conor. On sait tous les deux que tu ne peux plus grand-chose pour moi.

Jhi passa une dernière fois la langue sur son visage, avant de se lever pour partir vers Meilin.

S'appuyant sur le bord de la courge, Conor se releva, mais il dut déployer de gros efforts pour tenir debout dans le sable.

– Laisse-moi t'aider, proposa Takoda en bondissant sur ses pieds.

Il lui prit le bras et le passa autour de ses épaules, faisant de son mieux pour ne pas montrer sa révulsion devant le ver à la base du cou de Conor.

Ils avancèrent vers le pied de la falaise, où ils avaient installé leur campement.

Les falaises s'élevaient si haut qu'il était impossible de distinguer où elles finissaient et où commençaient les parois de l'immense caverne. Ils étaient tombés de tout là-haut dans leur hâte à fuir les champs arachnéens.

La dernière fois que Takoda avait vu Xanthe, elle leur faisait de grands signes pour les avertir de s'arrêter. Et, à la dernière seconde, elle s'était écartée, alors que Conor, Kovo et lui-même venaient percuter Meilin sur le rebord.

Arrivés à leur campement, Conor s'écroula sur le sable et défit sa cape.

— Meilin est peut-être têtue, mais elle n'a que de bonnes intentions. Dans un combat, c'est celle que tu veux à tes côtés.

Briggan se coucha près de lui et posa le museau sur ses genoux.

— Après Briggan, bien sûr.

Le loup sembla satisfait de cette précision.

— Si elle t'a paru furieuse tout à l'heure, tu aurais dû la voir quand j'ai suggéré que vous m'abandonniez pour continuer plus vite, ajouta Conor. J'ai eu peur qu'elle me gifle.

— J'ai beaucoup à apprendre sur elle, acquiesça

Takoda. Et sur les gens en général. Les moines du Nilo ne sont pas aussi... fougueux qu'elle.

– Je lui parlerai quand elle reviendra. Meilin ne veut pas le reconnaître, mais elle a besoin de se reposer autant que nous tous.

Conor laissa échapper un soupir.

– En ce qui concerne Xanthe, elle a raison, en revanche. Nous ne pouvons pas l'attendre. Il faut qu'on avance.

Takoda contempla la mer. Si Xanthe s'y trouvait, verrait-elle leur campement ? Ou était-il trop bien caché ?

– Son père, lâcha Conor.

– Quoi ? interrogea Takoda en se retournant.

– Meilin a perdu son père pendant la guerre. La guerre déclenchée par Kovo, expliqua Conor en tapotant le dos de Briggan. J'étais présent quand le général Teng est mort. Le crocodile du Dévoreur l'a tué. J'ai vu Meilin pleurer sur son corps sans vie. Quand elle s'est relevée, elle s'est essuyé les yeux et est repartie accomplir son devoir.

Conor s'allongea.

— Elle sait ce que signifie perdre un être cher, Takoda. Plus qu'aucun de nous.

— Qu'est-il arrivé à sa mère ?

Était-elle une guerrière elle aussi ? Avait-elle péri au cours de la guerre, comme sa mère à lui ?

— Elle est morte il y a très longtemps, je ne connais pas les détails.

Conor bâilla.

— Excuse-moi, il faut que je dorme un peu. Je suis vidé de mon énergie...

— À cause du parasite ?

— Non, à cause du Wyrm, répondit Conor, les yeux mi-clos. Je le sens. Plus nous nous en approchons, plus il tonne dans ma tête. Comme s'il m'attirait à lui.

Takoda regarda Conor s'assoupir.

— Le sommeil t'aide encore ?

— Un peu, pour l'instant.

Takoda n'aurait su dire combien de temps Meilin et Jhi avaient passé à explorer les grottes. Sur cette plage, en général, les heures défilaient au ralenti, mais il avait été suffisamment occupé depuis leur départ pour ne plus compter les secondes.

Au départ, il ne remarqua même pas leur retour. C'est Kovo qui l'en alerta. Le grand singe renifla l'air, et signa, les griffes devant son visage. *Rabat-joie*. Voilà comment il appelait Meilin.

Meilin et son animal totem apparurent alors.

– Je n'ai pas trouvé grand-chose, annonça la jeune fille. Un peu d'algues et des plantes qui pourront nous servir de cordes.

Takoda fit un signe de tête vers le bâton dans sa main.

– Et une nouvelle canne de combat ?

Elle haussa les épaules.

– Il n'est pas aussi long que je l'aurais voulu, mais ça nous sera utile si nous sommes attaqués au large.

– Kovo et moi, on a fait un tour, nous aussi. On a ramassé quelques algues et trouvé quelques sphères lumineuses. Elles ne sont pas aussi brillantes que celles de Xanthe, mais elles nous aideront à maintenir allumée notre dernière torche en bois.

Takoda couvrit les boules et posa sur ses genoux une grosse queue de champignon.

– C'est quoi? demanda Meilin.

– Notre rame. Je l'ai découverte en fouillant le rivage. Kovo m'a aidé à casser le champignon pour récupérer la tige. Ses fibres sont solides, presque autant que du bois, mais je pense que, si je la ponce avec du sable, on pourra avoir une bonne prise.

– Elle est bien trop grosse, protesta Meilin en secouant à peine la tête.

– Pour nous, oui, mais pas pour Kovo.

Meilin pinça les lèvres en dévisageant la Bête Suprême. Kovo lui rendit son regard, ses yeux étincelant d'un éclat rouge vif contre sa fourrure noire. Meilin dégagea quelques mèches de son front.

– Je suppose qu'on n'a pas trop le choix.

Takoda se leva, s'appuyant sur la rame inachevée.

– Va dormir. Je monte la garde pendant que je finis de la préparer.

– Non, je...

– Je ne te le propose pas pour toi, ni parce que je veux rester sur cette plage.

Il tourna la tête vers Conor. Jhi était retournée auprès du garçon.

– Conor doit se reposer le plus longtemps possible. Je te promets qu'on part dès que vous serez réveillés tous les deux. Je ne protesterai pas.

Takoda attendit que Meilin s'asseye pour enchaîner :

– Et je te présente mes excuses pour ce que j'ai dit tout à l'heure. Je n'aurais pas dû me montrer si peu attentionné. Bien évidemment qu'une guerrière comme toi a vu plusieurs de ses proches mourir au combat.

– Conor t'a raconté ce qui est arrivé à mon père, n'est-ce pas ? demanda Meilin entre agacement et tristesse. Il parle trop.

– Ou peut-être que tu ne parles pas assez.

Meilin détacha sa cape et la plia pour s'en servir d'oreiller.

– Il y a une vieille expression zhongaise qui dit : «Le bambou fleurit pour chacun. C'est la vie que nous menons qui compte.»

– Les moines ont une expression équivalente : «Ce n'est pas la taille du caillou jeté dans la mare qui définit notre impact sur ce monde, mais les ondulations qu'il provoque.»

Il ramassa la pierre qui lui servait à polir le champignon.

– Mes parents aussi sont morts pendant la guerre. Ma mère est morte en défendant le Nilo contre les Conquérants. Mon père a été tué en les retardant pour que je m'enfuie.

Meilin ouvrit de grands yeux surpris.

– Je ne savais pas, dit-elle doucement.

– Peut-être que je ne parle pas assez, plaisanta Takoda.

Meilin jeta un regard à Kovo. Le singe était désormais tourné vers la mer.

– Comment supportes-tu d'être lié à lui, sachant ce qu'il a fait ? Sa responsabilité dans la guerre ?

– Quand je l'ai invoqué pour la première fois, je nourrissais les mêmes craintes. Mais notre lien m'aide à atténuer la colère. Enfin, jusqu'à Xanthe...

Il se détourna pour que la jeune fille ne voie pas les larmes qui noyaient ses yeux.

– Kovo n'est pas le mal. Pas vraiment. Il se considère juste comme le meilleur protecteur de l'Erdas.

— En déclenchant deux guerres ? s'offusqua Meilin. Quelle façon de prouver son amour pour l'Erdas !

Takoda rit de sa remarque.

— Repose-toi, maintenant. On se revoit dans quelques heures.

Takoda s'éloigna en traînant la rame derrière lui. Kovo le suivit à quelques pas. Takoda s'arrêta sur la plage et s'installa sur le sable. Il savait que ses mains seraient aussi abîmées que celles de Meilin quand il aurait terminé son ouvrage. Petit prix à payer en comparaison de l'importance de leur mission.

Kovo bouscula doucement Takoda pour lui montrer l'endroit où il s'asseyait toujours.

Takoda secoua la tête.

— Je n'ai pas le temps de contempler la mer. J'ai trop à faire avant que Meilin et Conor se réveillent. Et ils ont raison. Je ne peux plus rien pour Xanthe.

Il déglutit avec peine.

— Elle était le caillou. À nous d'être les ondulations.

Kovo s'agenouilla devant Takoda. Ses yeux étaient si immenses. Si rouges. Mais pas furieux.

En tout cas, pas à cet instant. Kovo grogna, ferma le poing et dessina un cercle devant sa poitrine.

Takoda se redressa.

– Tu es... *désolé?*

C'était la première fois que Kovo employait ce mot.

– Je ne savais même pas que tu appréciais Xanthe.

Kovo montra Takoda avant de joindre ses deux index. Il posa ensuite ses deux mains ouvertes contre son visage.

– Oui, je suis blessé, confirma Takoda. Et très triste.

Le jeune garçon n'en revenait pas de leur conversation. Il avait toujours pensé que le gorille le considérait comme un inconvénient nécessaire. Était-il possible qu'il *l'aime bien*, en fait?

Il étudia les traits du grand singe, cherchant l'arrogance et le mépris qu'il y lisait généralement. Ne les trouvant pas, il prit la main de son animal totem et la posa contre ses lèvres avant de la descendre sur ses genoux.

– Merci, Kovo.

Ensuite, il ferma son poing et répéta le geste du gorille.

– Moi aussi... je suis désolé.

Dante

À bord de l'*Orgueil de Tellun II*, Abéké sentit son cœur se gonfler en observant les falaises rocailleuses couleur sable au loin. Le Nilo. Son pays. Même si les villes portuaires sur la côte étaient bien différentes d'Okaihee, l'idée de revenir en terrain connu lui faisait se languir pour la savane.

Abéké leva la tête vers le ciel ensoleillé et les nuages qui y flottaient. Les vents soufflaient dans la bonne direction, grossissant les voiles de leur bateau et le poussant vers la terre ferme. Un équipage de trois personnes était vraiment insuffisant pour diriger l'*Orgueil de Tellun II*, mais avec Rollan et Tasha ils s'en sortaient bien. Rollan et Abéké avaient voyagé sur assez de navires depuis qu'ils étaient Capes-Vertes pour avoir compris comment barrer, manœuvrer des voiles et border une écoute. Ils avaient trouvé les eaux entre le Nilo et l'Eura bien plus calmes qu'au large. Presque agréables. De tous, seule Uraza semblait dérangée par le tangage constant.

La panthère ne bougea pas quand Abéké lui caressa le flanc. La jeune fille savait que la Bête Suprême aurait été plus à l'aise dans son état passif que sur le pont du bateau. Pendant tout le voyage, elle n'avait cessé de se lamenter et de geindre, ses pattes solides flageolant sur les planches en bois. Mais Abéké n'arrivait pas à se résoudre à la rappeler sur sa peau. La jeune fille ressentait encore la douleur du dernier incident au cours duquel leur lien avait été ébranlé. Tout son corps, jusqu'à ses os, lui avait paru en feu. Et ensuite, un silence assourdissant s'était installé entre son animal et elle. Une telle distance. Elle sentait à peine Uraza désormais. Et si Uraza se trouvait dans sa forme passive quand le lien serait définitivement rompu ? Que leur arriverait-il à toutes les deux ?

Soudain, Abéké pensa aux Capes-Vertes infectés. Qu'étaient devenus leurs animaux totems ? Et Conor avec Briggan ? Combattait-il toujours l'infection ou était-il à présent un esclave comme tant d'autres ?

— Je suis désolée, dit la jeune fille, le visage tout contre le pelage de sa panthère. Je sais que tu as le mal de mer mais je ne peux pas prendre le risque de te perdre à jamais.

Abéké leva la tête à l'approche d'une grande ombre.

— Je vous interromps ? demanda Rollan, un rictus dessiné sur ses lèvres.

Il essayait de maintenir une bonne ambiance, toujours prompt à sortir une blague ou une histoire. Mais, pour la première fois depuis leur départ de

Stetriol, elle avait vu Tasha sourire. Ils méritaient tous un peu de bonne humeur avant leur prochaine mission.

– Ne sois pas jaloux juste parce qu'Uraza et moi, nous sommes plus proches l'une de l'autre qu'Essix et toi, plaisanta Abéké, un petit rire dans la voix.

– Eh, Essix et moi avons une relation idéale. Elle me fiche la paix et réciproquement, affirma Rollan, le torse bombé, en regardant en l'air. Elle sait où me trouver quand elle a besoin de moi.

– Quand *elle* a besoin de toi ?

– Bon, bon, c'est peut-être le contraire, concéda Rollan en haussant les épaules.

– Vous êtes tous les deux des solitaires, déclara Abéké en tapotant une dernière fois Uraza avant de se lever. Est-ce plus simple ainsi ?

Rollan prit une profonde inspiration. Abéké savait qu'il n'était pas nécessaire qu'elle en dise plus.

– On a toujours été plus distants. Je pense que, si notre lien était rompu, elle s'en sortirait très bien sans moi.

Il agita sa cape verte.

– Je suis un sacré solitaire, hein ? conclut-il.

Abéké nota qu'il n'avait pas dit comment il se sentirait, lui, dans ce cas.

– Comment va Tasha ?

– Mieux. Elle est descendue se changer. Je suppose qu'elle ne veut pas débarquer à Caylif en sentant la sardine et le chou.

Contrairement à Abéké et Rollan, Tasha avait fini par dormir dans la cabine du capitaine. Pour Abéké, c'était au-dessus de ses forces, cela lui rappelait trop Nisha, Arac et les autres Capes-Vertes assujettis aux parasites de Zerif à Stetriol.

– J'avais espéré recevoir un autre message de Lenori ou même de Havre-Vert, se désola Abéké.

Ils n'avaient reçu que deux missives au cours de leur traversée, l'une les informant que Havre-Vert était tombé aux mains de Zerif et l'autre les envoyant dans un petit village à l'ouest de Caylif. Ils devaient rencontrer Dante, un ancien Cape-Verte.

– Selon Essix, nous devrions bientôt arriver, affirma Rollan. Espérons que ce Dante saura où trouver Cabaro.

– Tu penses qu'on fait bien ? demanda Abéké. Peut-être que nous devrions tout de même aller

à Havre-Vert. Nous pourrions trouver le moyen d'aider nos amis.

– Crois-moi, en d'autres circonstances j'aurais largement préféré combattre Zerif plutôt que Cabaro. Mais souviens-toi comme il était puissant en Amaya. Imagine combien il serait difficile désormais de l'affronter avec une armée de Capes-Vertes et d'animaux totems à ses côtés. Nous ne devons surtout pas lui offrir la possibilité de capturer encore d'autres Bêtes Suprêmes.

– Tu as sûrement raison, acquiesça Abéké en hochant la tête.

Rollan fit un geste pour partir, mais la jeune fille le rappela.

– Tu penses qu'on va devoir se battre avec Cabaro ? Ninani et Tellun ne nous ont opposé aucune résistance.

– Tellun et Ninani ont toujours été les alliés des Capes-Vertes. Cabaro déteste les humains.

– Peut-être qu'il n'a plus d'autre choix que de les accepter, maintenant qu'il est lié à l'un d'eux.

Les mains de Rollan se resserrèrent sur sa cape.

— Ou peut-être que ça lui donne une raison de nous haïr encore davantage.

Quelques heures plus tard, l'*Orgueil de Tellun II* accostait dans une petite baie naturelle. Abéké, Rollan et Tasha travaillèrent de concert pour baisser les voiles et jeter l'ancre dans les eaux calmes et bleues. Ils s'étaient arrêtés loin de la rive pour ne pas avoir à manœuvrer le gros navire dans le port.

Ils se réunirent sur le pont et observèrent le village. Le silence régnait, on n'entendait même pas les cris des animaux sauvages. Quelques jetées fragiles et usées s'avançaient depuis la terre. Un homme tout seul attendait sur les quais, mais il était trop loin pour qu'Abéké puisse l'étudier. Tout ce qu'elle voyait, c'est qu'il ne portait pas de cape.

— C'est celui qu'on cherche? demanda Tasha. Tu veux que je monte sur le mât pour avoir une meilleure vue?

— Pas la peine, intervint Rollan.

Quelques secondes plus tard, son regard s'éteignit. Au-dessus d'eux, Essix survolait l'inconnu.

– Tu penses que je parviendrai à accomplir cela avec Ninani un jour ? Voir à travers ses yeux, comme Rollan avec Essix ?

Quand Tasha se mettait à poser des questions, Abéké regrettait encore plus amèrement l'absence des Capes-Vertes adultes. Tasha s'adressait à Rollan et à elle comme s'ils étaient des experts en animaux totems, alors qu'en réalité ils avaient tous les deux encore beaucoup à apprendre sur leurs propres liens. Mais Tasha avait besoin de croire que quelqu'un maîtrisait la situation, même si ni Rollan ni Abéké ne savait vraiment ce qu'ils faisaient.

– Chaque animal totem apporte des qualités différentes, comme tu l'as sûrement déjà découvert, finit par répondre Abéké. J'imagine que tu te déplaces bien plus rapidement avec son aide. Tes réflexes sont plus aiguisés, n'est-ce pas ?

– Ninani me rend bien plus gracieuse, sans elle j'ai deux pieds gauches.

– Deux pieds gauches ? répéta Abéké.

– Oui, je suis très maladroite.

Elle montra à ses pieds les bottes qu'elle avait

trouvées dans une caisse abandonnée sur le pont inférieur.

— Tu imagines comment on marche avec deux pieds gauches?

Abéké sourit.

— L'élégance de Ninani te sera très utile, alors. Et tu vas découvrir encore beaucoup d'autres dons. Les Capes-Vertes t'aideront à les développer.

Si certains ont survécu, songea Abéké.

Rollan secoua la tête quand ses yeux redevinrent normaux. Il se pencha sur le bastingage et inspira profondément. L'affaiblissement du lien entre les humains et leurs animaux totems l'affectait plus qu'il ne voulait le reconnaître.

— C'est peut-être Dante, dit-il, le souffle court. Difficile à dire. Je n'ai pas vu d'animal avec lui, mais il se peut qu'il l'accompagne dans sa forme passive.

— Je suppose qu'il n'existe qu'un seul moyen de s'en assurer, conclut Abéké.

Rollan monta prudemment dans la barque, suivi de Tasha. Abéké leur emboîta le pas, mais s'arrêta en remarquant que sa panthère restait sur place.

– Uraza, s'il te plaît.

– Tu sais, il serait peut-être plus sage que quelqu'un garde le navire, remarqua Rollan. Tasha et moi, on peut partir seuls vers la jetée.

– Nous ne savons pas ce qui nous attend au tournant, il vaut mieux qu'on ne se sépare pas, contredit Abéké.

Elle ferma les yeux, se vida l'esprit et rappela Uraza à elle. Aussitôt, la Bête Suprême disparut dans un éclair et s'afficha sur la peau de la jeune fille, sous son coude.

Le trajet vers le port fut plus court que ne l'aurait souhaité Abéké. Alors que Rollan et Tasha ramaient, elle maintenait son arc bandé. Avec ce qui arrivait à l'Erdas, ils devaient se tenir sur leurs gardes.

L'homme s'avança vers la pointe de la jetée en les voyant approcher. Rollan et Tasha s'interrompirent.

– Identifie-toi, exigea Abéké.

Elle leva son arme juste assez pour qu'il voie bien la flèche.

Grand, les épaules larges, la peau mate et les pommettes saillantes, il avait les joues rasées de frais et les cheveux attachés en une épaisse queue de cheval. Abéké n'aurait su dire en le regardant d'où il venait, mais ce qui était sûr, c'est qu'il n'était pas originaire du Nilo.

– Je suis Dante, se présenta-t-il avec un petit salut. À votre service. Et vous êtes Abéké et Rollan. Et votre amie... es-tu celle qui a invoqué Ninani ?

– Si tu étais vraiment Dante, tu porterais ta cape.

Rollan plaça la main sur la garde de son poignard, coincé dans sa ceinture.

– On te laisse une autre chance.

– Ah oui, tu es bien Rollan, pas de doute. Lenori m'a beaucoup parlé de toi.

Il sortit une petite note roulée.

– Tu n'as sûrement aucune idée de la fierté que tu as apportée en Amaya pendant la guerre. Essix et toi êtes des héros nationaux.

À la mention de son nom, le faucon vint se poser sur l'épaule de Dante. L'homme tendit la main pour lui offrir le message. Essix attrapa le parchemin dans son bec et s'envola vers Rollan.

Le jeune garçon le déroula et lut son contenu, tandis que le faucon s'installait sur son épaule.

– On dirait l'écriture de Lenori, murmura-t-il.
Et manifestement Essix lui fait confiance.

Dante ouvrit son sac à dos et en tira une cape
verte délavée.

– J'ai la permission de monter à bord?

À l'évidence, Dante savait se débrouiller sur un
navire. Il travaillait deux fois plus vite qu'Abéké,
Rollan et Tasha réunis. Et, lorsque Tasha renversa
un lourd baril qui faillit lui écraser le pied, il ne la
réprimanda pas. Il lui enseigna plutôt un nœud plus
efficace pour attacher la cargaison.

Une fois qu'ils furent sortis de la baie, ils se réunirent tous autour de la barre.

– Ce sera un peu juste, mais je pense qu'on pourra
atteindre Caylif avant la tombée de la nuit.

– Et c'est là qu'on trouvera Cabaro? demanda
Tasha.

Dante hocha la tête.

– Cabaro a été invoqué par un garçon appelé
Kirat. Son père, Faisel, est un des marchands les
plus riches du Nilo. Certains estiment qu'il possède
un tiers des routes de commerce entre le nord du
Nilo et le Zhong. Honnêtement, je ne comprends

pas comment la nouvelle n'est pas arrivée à Stetriol. Faisel a parlé du lion à tout le monde. Il a même été question d'une fête en l'honneur de son fils et de Cabaro.

Abéké repensa à leur passage à Stetriol : les forces de Zerif étaient apparues dès qu'elles avaient eu vent de l'apparition de Ninani. Si l'invocation de Cabaro était déjà connue de tous...

— Il ne faut pas perdre de temps, lâcha-t-elle. Nous devons contacter Faisel au plus vite.

— J'ai essayé, répliqua Dante. Dès que la dernière crise a commencé, Lenori m'a sorti de ma retraite. Je me dirigeais vers Havre-Vert quand elle m'a envoyé un message me demandant de prévenir Faisel.

Il se frotta les mains.

— Faisel n'a pas désiré me rencontrer. Il pense n'avoir aucun besoin de notre aide.

— Oui, c'est qu'il n'a pas vu de quoi Zerif était capable, affirma Rollan.

— Mais Zerif n'a pas vu Zourtzi, riposta Dante.

— C'est quoi, Zourtzi ? demanda Tasha, les sourcils froncés.

— Tu le verras bien assez tôt. C'est juste après le tournant.

Tasha pivota vers Dante.

— Quel est ton animal totem ?

Comme Dante grimaçait, Tasha s'empourpra.

— Désolée, je n'aurais pas dû demander ?

— Ce n'est rien.

Il retroussa sa manche et frotta une tache rouge sur son poignet.

— C'était Aputin. La meilleure de toutes les chèvres chamoisées.

Il redescendit sa manche.

— Elle a été tuée pendant la guerre. Ça a été comme perdre une partie de mon corps. Non, pire.

Personne ne parla pendant un moment. Ce fut Tasha qui reprit la parole :

— Je suis désolée.

— Beaucoup d'entre nous ont payé un fort tribut à la guerre, conclut-il en arrangeant sa cape sur ses épaules. Mais, que j'aie Aputin à mes côtés ou pas, je serai toujours un Cape-Verte.

— Qu'est-ce que ça veut dire ? demanda Abéké. Aputin ?

– C'est un type de rocher, non ? répondit Rollan.

– Pas juste un rocher. C'est un des minerais les plus solides de l'Amaya. Très difficile à couper ou modeler, expliqua Dante en souriant. Parfaitement adapté à un animal qui adorait me botter le derrière quand nous étions en désaccord. Vous n'avez pas eu à vous soucier de nommer vos partenaires, vous.

Abéké frotta la marque sur son bras. Même si elle était flattée d'avoir invoqué Uraza, elle se demanda comment elle aurait appelé son animal totem s'il n'avait pas été une des Bêtes Suprêmes. Elle savait que Tarik, leur ancien gardien, avait choisi Lumeo, « la lumière », pour son compagnon. Cela correspondait bien à la nature joueuse et aimable de la loutre. Et Hano, un garçon de son village, avait appelé son fourmilier Digger, « le creuseur », pour la façon dont son animal fouillait dans la terre avec son long museau et ses griffes acérées. Aurait-elle choisi un nom d'après le caractère d'Uraza ? Ou lui aurait-elle donné le nom de sa mère, pour honorer sa mémoire ?

Quelques minutes plus tard, une grande forteresse en pierre se profila à l'horizon. Abéké n'avait jamais vu de structure aussi imposante : trois fois la taille de Havre-Vert. De larges canons en bronze trônaient au sommet de chaque tour. Même de là où ils étaient, Abéké aperçut les sentinelles sur tous les remparts.

— Voici Zourtzi, mes jeunes amis. Il appartient à la famille de Faisel depuis des générations. La rumeur dit que ses murs n'ont jamais été ébréchés, pas même pendant les deux guerres du Dévoreur, annonça Dante en montrant le château. À l'exception d'un petit tunnel construit par les hommes, la forteresse sur son île est entourée d'un réseau de récifs étroits et rocailleux. Ce qui la rend inaccessible par la mer et hors de portée des canons des navires.

— Il est fait en quoi ? demanda Tasha. Les parois semblent si... lisses.

— De la pierre importée du Zhong. Une fois la muraille extérieure érigée, sa surface a été recouverte de mortier. Ainsi aucun animal ne peut la gravir, et des humains encore moins.

— Des eaux infranchissables et des murs glissants, résuma Rollan. J'imagine que ce Faisel n'aime guère voir des gens débarquer à l'improviste.

– J'ai essayé de le convaincre de toutes les manières possibles. Mais peut-être qu'il sera prêt à écouter les Héros de l'Erdas.

Du coin de l'œil, Abéké vit que Rollan fronçait les sourcils. Elle savait combien il détestait qu'on le qualifie de héros.

– Nous pourrions... C'était quoi, ce bruit ?

Ils se tournèrent tous vers un sifflement de plus en plus fort. Puis ils l'entendirent au-dessus de leurs têtes.

– Couchez-vous ! hurla Dante. Nous sommes attaqués !

À cet instant, un boulet de canon atterrit à côté d'eux, les éclaboussant d'eau salée.

Abéké traversa le pont pour atteindre la barre et éloigner le bateau de la forteresse.

– Tout le monde va bien ?

Appuyée contre le bastingage, Tasha était encore plus pâle que d'habitude, mais elle hocha la tête.

– Ça va, répondit-elle, haletante.

Sa natte s'était défaite sous le choc et ses cheveux blonds tombaient désormais sur son visage.

Rollan se releva en se frictionnant l'épaule.

– Je pensais que nous étions hors de portée des canons ?

– Trop loin pour qu'un navire atteigne la forteresse avec *ses* canons, rectifia Dante. Ceux de Zourtzi sont bien plus puissants. Et leur position élevée augmente encore leur portée.

– On fait quoi maintenant, alors ? demanda Rollan. On est des cibles idéales, ici.

Abéké secoua la tête.

– Je ne pense pas qu'ils voulaient nous toucher.

– Je suis d'accord, acquiesça Dante.

Il se fit une visière de la main pour ne pas être ébloui par le soleil et observa la forteresse.

– C'était un tir d'avertissement.

– Message reçu et bien reçu.

Le soleil commençait à se coucher quand l'*Orgueil de Tellun II* approcha de Caylif. Des reflets orange, rouge et jaune dansaient sur la côte, rappelant à Abéké les plaines de son enfance.

Elle regarda Dante conduire le large navire dans le port. Cela ne ressemblait ni au village de pêcheurs dans lequel ils l'avaient trouvé, ni à rien de ce qu'elle connaissait. À l'approche de la soirée, les quais grouillaient de matelots et de marchands. Dante avait demandé à Abéké de baisser toutes les voiles sauf une, pour manœuvrer le bateau tout doucement dans la baie. Il lui fit signe de baisser la dernière maintenant que Rollan lançait sur la terre ferme des cordes à un groupe d'hommes. Lentement, ils stoppèrent le bateau et l'amarrèrent.

– D'accord, je dois reconnaître qu'il est doué, concéda Rollan alors que Dante distribuait quelques pièces aux marins sur la jetée. Je ne pense pas qu'on aurait réussi à entrer dans le port sans lui.

– C'est rassurant d'avoir quelqu'un avec nous, confirma Abéké. Un adulte, précisa-t-elle.

– Oui. Avec lui à nos côtés, la mission paraît moins impossible. Un peu comme si...

Rollan s'interrompit pour se racler la gorge.

– Comme si Tarik voyageait avec nous.

Abéké laissa la place au silence. Il s'était écoulé bien des années depuis que leur gardien était tombé au combat, mais pour Rollan la plaie était encore à vif.

– Nous allons en ville ? demanda Tasha en sortant de la cale.

C'était son tour de préparer le repas, même si le manque de variété des aliments dont ils disposaient les obligeait à manger plus ou moins toujours la même chose : des sardines et du chou tous les jours depuis leur départ de Stetriol. Il ne restait rien d'autre sur le bateau.

– Il serait plus avisé d'attendre jusqu'à demain, répondit Dante en rejoignant les enfants. Le marché va bientôt fermer. Et l'homme que nous devons y rencontrer n'y sera sans doute pas à cette heure.

Dante renifla l'air.

– C'est du chou qui cuit ?

Tasha hocha la tête.

– C'est tout ce qu'on a. Et des sardines.

– Tu les prépares comment ? demanda-t-il en humant encore une fois l'odeur qui se dégageait de la cuisine. Tu les fais *bouillir* ?

– On peut faire autrement ?

Dante se tourna vers Rollan pour obtenir du renfort.

— Sérieusement, c'est comme cela que vous cuisinez?

Rollan haussa les épaules.

— Moi je les mange crus, c'est plus rapide.

— Tasha, cherche dans mon sac le petit sachet rouge et noir d'épices, ordonna Dante en secouant la tête et en retroussant ses manches. Du chou bouilli! Vous êtes des sauvages ou quoi?

Tasha s'exécuta et Dante entra dans la cale.

Il en ressortit une heure plus tard, les bras chargés d'un lourd plateau.

— Je l'ai nommé «chou frit façon Dante».

Il tendit le plateau à Rollan.

— C'est une petite recette que j'ai apprise alors que j'étais en poste dans le Mire. Régalez-vous.

— Tu étais dans le Mire? Au Zhong? demanda Abéké.

Elle avait entendu parler de cet endroit: une prison des Capes-Vertes dans la jungle au sud du Zhong. Réservée aux criminels les plus dangereux.

— Oui, j'ai été gardien là-bas. Deux fois.

Un petit sourire se dessina sur les lèvres de Dante alors qu'il faisait craquer ses articulations.

– Aputin et moi, on était très doués pour... faire régner l'ordre parmi les prisonniers.

Abéké frissonna en prenant le plateau des mains de Rollan. Dante avait beau être très sympathique, une certaine noirceur émanait du personnage. Alors que Tarik avait toujours essayé d'éviter les conflits, elle avait le sentiment que Dante adorait la bagarre.

Tasha se servit dans un bol.

– Où sont les sardines ?

– Dedans. Je les ai émincées et mélangées au chou, elles sont moins salées ainsi.

Rollan avait déjà enfourné trois grosses cuillerées.

– C'est incroyable !

– J'aimerais pouvoir en tirer toute la gloire, mais le secret, ce sont les épices.

– Tu as toujours un sachet sur toi ? demanda Abéké. Tu as pris celui-ci dans le Mire ?

— Non, ce sont des épices zhongaises. On trouve les mêmes chez moi, en Amaya. À Sanabajari.

– Pourquoi ce nom m'est-il familier ? demanda Rollan à Abéké.

– Vous connaissez peut-être cette ville sous un autre nom, précisa Dante en souriant. La ville du Rocher.

Le regard de Rollan s'éclaira.

– Tu connais Monte ? Il tient toujours le poste de traite ?

Abéké remarqua que Tasha était perdue.

– Monte est un vieil ami. On l'a rencontré au cours d'une de nos batailles.

Abéké décida de ne pas révéler à Tasha qu'à cette époque elle combattait du côté ennemi. Mais elle ne savait pas que Shane et Zerif étaient maléfiques. Elle ne l'avait découvert que lorsque Zerif avait poignardé dans le dos un Cape-Verte sans défense.

– Non, il a arrêté. J'avais pris sa relève jusqu'à ce que Lenori me convainque de revenir.

Dante prit une bouchée.

– Je voulais le revoir. Ça fait un bon bout de temps. Il manque à tout le monde.

– Où est-il maintenant ? s'enquit Tasha. Sur une autre mission ?

Le visage de Dante se rembrunit.

– Non. Il est à Havre-Vert, avec les autres.

— Je suis désolée..., déclara Tasha en baissant les yeux.

— Tu n'as pas à t'excuser. Ce n'est jamais mal de poser une question. Il faut juste s'armer pour entendre la réponse.

Le silence les enveloppa, pendant que Tasha réfléchissait à ce que Dante venait de lui dire. Elle garda un moment la tête inclinée, avant de se lever.

— Dans ce cas, j'ai posé assez de questions pour ce soir, dit-elle, un petit sourire aux lèvres. À demain.

Abéké la suivit du regard alors qu'elle regagnait le pont inférieur.

— Elle est si innocente. J'espère qu'elle est prête pour ce qui va suivre.

— Qui de nous l'était quand nous avons été appelés ? Quand pour la première fois nous avons attaché notre cape autour de nos épaules ?

Dante se resservit.

— Si elle combat aux côtés des Capes-Vertes, elle doit apprendre que cette vie n'est pas pour les faibles. Et croyez-moi, il vaut mieux qu'elle l'apprenne le plus vite possible.

Le marché

Rollan approchait du grand marché du centre-ville, quelques pas devant Dante, Abéké et Tasha. Il n'avait pas imaginé qu'il éprouverait une telle appréhension. Il avait grandi dans une grande ville, semblable à Caylif. C'est lui qui aurait dû se sentir le plus à l'aise dans leur petit groupe. Les bruits familiers du marché résonnaient à ses oreilles : des femmes vendant

les pots qu'elles avaient fabriqués à la main, des garçons appelant les chalands pour qu'ils achètent leurs fruits, des hommes comptant leur monnaie. Pourtant Rollan ne pouvait maîtriser sa nervosité.

Il leva la tête vers Essix qui planait au-dessus d'eux. Elle était venue sur le navire dès qu'ils étaient entrés au port et y était restée toute la nuit. Rollan était heureux de l'avoir auprès de lui. Contrairement à ses compagnons, le faucon savait parfaitement ce qui les attendait.

Abéké n'était pas avec eux la première fois que Conor et lui avaient affronté le lion Cabaro ici, au Nilo. La Bête Suprême ne les avait pas attaqués tout de suite, confiant à sa lionne le sale boulot. Quand Cabaro avait fini par intervenir, il s'était montré si féroce qu'il avait failli fendre le crâne de Briggan. Mais, quand les Conquérants étaient venus prendre son talisman, Cabaro avait fait ce qu'il faisait de mieux : il avait battu en retraite.

Durant sa fuite, Cabaro avait pratiquement piétiné Rollan. Le jeune garçon se souvenait encore des pattes du lion sur son corps. L'animal l'aurait achevé si Tarik ne l'avait pas chassé.

Tarik...

– Qu'est-ce qui ne va pas, Rollan ? demanda Abéké.

Rollan cligna des yeux. Il n'avait même pas entendu la jeune fille approcher.

– Qu'est-ce qui te fait dire que ça ne va pas ?

– Tu n'as pas raconté une seule plaisanterie depuis qu'on a quitté le navire. Et tu as à peine touché à ton petit déjeuner.

– Tout d'abord, je n'appelle pas « petit déjeuner » des restes de chou. Et ne t'en fais pas pour mes blagues : je les réserve toutes à Faisel. Un peu d'humour et de charme suffira peut-être à le convaincre de nous laisser emmener son fils adoré.

– Je n'emploierais pas ce terme. Selon Dante, Faisel et son fils ont une relation compliquée, affirma Abéké en poussant un soupir. Peut-être que c'est la seule chose que lui et moi avons en commun.

Elle tapota l'épaule de Rollan.

– Je sais que tu as peur que Cabaro refuse de nous suivre parce que nous sommes des humains. Mais il doit comprendre l'importance de ce que nous tentons de faire. Son destin est lié à celui de l'Erdas, tout comme le nôtre.

Rollan haussa les épaules. Il ne l'avouerait pas à Abéké, il ne le reconnaissait même pas vraiment lui-même, mais ce n'était pas la seule raison de son malaise. Qu'ils doivent sauver le grand lion remuait en lui des souvenirs douloureux.

Rollan porta la main à sa cape. La cape de *Tarik*. Abéké et le fils de Faisel avaient chacun des relations tendues avec leur père respectif, mais au moins ils avaient un père. Tarik avait joué ce rôle. Et à cause du lâche Cabaro...

Non. Rollan ne pouvait pas se permettre de penser à Tarik maintenant, l'enjeu était trop important. Il devait rester vigilant, concentré. C'est ce que Tarik lui aurait répété s'il avait été là.

Rollan s'arrêta devant la place et attendit Dante et Tasha. Le marché lui parut encore plus grand que celui de sa ville natale, Concorba. De larges tentes multicolores s'agitaient dans la brise, et de la fumée blanche s'échappait de grandes marmites. Les gens se bousculaient en passant d'un étal à l'autre. Il distingua au moins trois langues différentes.

Il sourit. Le paradis pour un voleur.

Même si lui ne volait plus, il pouvait toujours en rêver.

Dante et Tasha finirent par les rejoindre. Tasha marchait très lentement, mais jamais Dante ne l'avait réprimandée pour son allure de tortue. Elle portait un bâton en bois qu'elle avait pris dans les armoires, mais l'arme ne semblait pas à sa place dans ses mains.

– Et maintenant ? demanda Rollan. On continue jusqu'à ce qu'on trouve sa boutique ?

– Ça va prendre longtemps ? s'enquit Abéké. Mon village tout entier pourrait tenir dans ce marché.

Rollan repéra un enfant blotti dans un coin, qui mâchonnait une épaisse tranche de pain. Il nageait dans ses vêtements bien trop grands, et sur son visage s'étalaient des taches de crasse rouge.

– Salut, petit.

Quand le garçonnet leva la tête, il lui glissa une pièce dans la main.

– Nous cherchons une boutique tenue par un marchand nommé Faisel.

Après avoir examiné quelques secondes l'argent dans sa paume, le petit dirigea son regard sur Rollan.

— Laquelle? Faisel a un magasin de soie, un autre de tapis, un autre d'épices, un...

— Et Otto? l'interrompit Dante. Le gros type avec une barbe grise. Où pouvons-nous le trouver?

— Attendez, je vais vérifier.

Le garçon courut vers un groupe d'enfants rassemblés autour d'un puits. Après une petite conversation murmurée, il revint vers Rollan.

— On pense qu'il est dans le magasin de soie, aujourd'hui.

Il rangea la pièce dans sa poche et fit un signe du doigt.

— Sur le côté est du marché.

Rollan sortit une autre pièce.

— Et si tu nous y conduisais... tu pourrais ajouter ça à ton butin.

L'enfant hocha la tête et tous le suivirent.

— Qui est Otto? demanda Tasha.

— C'est l'un des associés de Faisel, expliqua Dante. Si on parvient à l'impressionner, et qu'on le soudoie suffisamment, il pourra peut-être nous organiser une rencontre avec Faisel. Mais je vous préviens, je me suis déjà entretenu avec Otto à ce sujet. Et cela n'a pas bien fini... pour lui.

Alors qu'ils traversaient le marché, Rollan remarqua qu'ils attiraient sur eux beaucoup de regards.

— Devrait-on retirer nos capes? chuchota-t-il. On ne passe pas inaperçus.

— Non, c'est précisément ce que nous recherchons, affirma Dante. Plus nous afficherons notre importance, plus nous parviendrons à impressionner Otto. Le moment venu, nous aurons besoin d'Essix, ajouta-t-il en s'adressant à Rollan.

— Elle sera là, assura le jeune garçon.

Il l'espérait, en tout cas. Leur indépendance réciproque leur avait toujours convenu à tous les deux. Ils pouvaient passer de longues périodes sans aucun contact direct, mais même eux ressentaient l'affaiblissement de leur lien. Rollan devait déployer des efforts redoublés pour voir à travers ses yeux, et il n'y arrivait que pendant des temps très courts. Pratiquement chaque fois, cela lui déclenchait une

profonde nausée, comme s'il avait bu des litres de lait frelaté.

À cet instant, leur lien ne tenait qu'à un fil. Il savait qu'Essix était quelque part au-dessus d'eux, mais rien de plus. Elle aurait pu être tout près ou à des kilomètres. Il ne parvenait plus à faire la différence.

Il fallait qu'ils arrêtent Zerif et qu'ils soignent l'Arbre Éternel. Rollan avait perdu tant de personnes chères à son cœur. Il ne pouvait pas perdre Essix aussi.

Rollan lança la pièce au garçonnet quand ils arrivèrent devant la boutique.

– Partage avec tes camarades, d'accord ?

Il espérait qu'ils se paieraient quelques miches de pain et du fromage avec cet argent.

Le magasin de soie, avec ses ornements dorés et ses grands fanions qui volaient au vent, faisait tout pour attirer l'attention. Rollan n'aurait jamais osé approcher une telle boutique quand il vivait dans la rue. On l'aurait jeté en prison ou conduit à l'orphelinat s'il avait été ne fut-ce que tenté de pénétrer dans un endroit si luxueux.

Et, même si désormais il pouvait se permettre d'y faire des emplettes, il ne se sentait toujours pas à sa place. Peut-être qu'il n'y serait jamais.

Dante poussa la porte, ce qui fit tinter une petite cloche. Rollan fut le dernier à entrer. Quand il referma derrière lui, les bruits et les odeurs du marché se dissipèrent.

– Magnifique, commenta Tasha en passant les mains sur des rubans colorés.

Rollan s'empara d'une écharpe en soie noire. Elle lui rappelait Meilin, sans qu'il sache pourquoi. *Faites qu'elle soit en sécurité, où qu'elle soit.* Lenori n'avait pas parlé d'elle ni de Conor. Rollan essayait de se convaincre que l'absence de nouvelles était une bonne nouvelle.

– Puis-je vous aider? s'enquit un jeune homme en s'approchant du groupe.

Il avait des cheveux noirs impeccablement gominés, et sa peau semblait bien trop luisante dans ce climat sec.

– Ah, des Capes-Vertes! s'exclama-t-il. Que puis-je faire pour ces valeureux guerriers? Ce serait un honneur pour moi de vous montrer mon nouvel

arrivage de soie et de lin. Ou peut-être nos tuniques brodées.

— Nous sommes ici pour voir Otto, l'interrompit Dante.

Le visage du jeune homme se décomposa.

— Monsieur Otto est très occupé. Je suis à votre service.

Dante plaça une main sur la garde de son épée.

— Ne me fais pas répéter.

Le vendeur hocha la tête avant de disparaître dans le fond du magasin. Abéké grimaça, contrariée.

— N'y avait-il pas un autre moyen ? Je n'aime pas user de violence pour intimider les gens.

— C'est la fille qui m'a accueilli avec un arc bandé dans ses mains qui dit ça ! répliqua Dante.

Quelques minutes plus tard, un gros bonhomme fit son apparition. Trois sbires le suivaient, tous vêtus de noir. Un petit serpent s'enroulait autour de l'épaule de l'un d'eux, un singe s'accrochait au cou d'un autre. Le troisième n'était accompagné d'aucun animal totem, ce qui n'empêchait pas qu'il fût peut-être lui aussi un Tatoué.

– Dante, lança l'homme, tu es revenu. Et avec des renforts, ajouta-t-il en regardant les enfants derrière lui. Moi aussi.

Dante ouvrit les mains en signe de paix.

– Otto, je sais que nous ne nous sommes pas quittés en très bons termes, la dernière fois, mais je voulais te redonner l'occasion de nous organiser une rencontre avec Faisel.

– Faisel n'a aucun besoin de perdre son temps avec un Cape-Verte ridicule et un groupe de gamins.

Dante était peut-être vexé, mais il n'en montra rien.

– Ce ne sont pas des gamins ordinaires, Otto.

Il se tourna d'abord vers Abéké.

– Je t'en prie...

La jeune fille ferma les yeux, se frotta le visage et soudain Uraza apparut dans un éclair. Vint ensuite Ninani.

Rollan se racla la gorge. *Quand tu veux, Essix.*

Un cri puissant leur parvint à travers la fenêtre ouverte. Essix regarda Rollan, l'air de dire : *Tu vois, je suis là.*

– Tu ne penses pas qu'il serait judicieux que Cabaro retrouve les autres Bêtes Suprêmes ?

– Ils n'ont rien de suprême à mes yeux, remarqua Otto.

Rollan se croisa les bras.

– Vous n'oseriez pas insulter ainsi Cabaro, hein ?

– Fiston, n'oublie pas chez qui tu es ! le gronda Otto.

– Chez Faisel, pas chez toi, rétorqua Dante. Interdis-moi l'accès de Zourtzi si ça te chante, mais laisse mes jeunes amis y entrer pour rencontrer Faisel, Kirat et Cabaro.

Rollan jeta un regard à Abéké et Uraza du coin de l'œil, elles trépignaient toutes les deux. Il sortit la bourse de sa poche. C'était tout l'argent qu'il leur restait, mais pénétrer dans Zourtzi en valait bien la dépense.

– Écoutez Dante. Vous pourriez bien y gagner, affirma Rollan.

– Combien as-tu dans ton sac, mon garçon ?

La cupidité déformait la voix d'Otto.

– Emmenez-nous auprès de Faisel et vous le découvrirez.

— Tu penses que j'ai besoin de tes sous ? lâcha Otto, méprisant. En fait, je vais garder cette cagnotte. Cela remboursera la perte de temps que votre présence m'a coûtée. Gardes !

Dante tira son épée de son fourreau, alors que l'homme au serpent approchait. Sa lame droite se distinguait des sabres courbés des Niloais du nord.

— Nous ne voulons pas nous battre, Otto, affirma Dante. Mais, si nous ne pouvons pas te payer assez pour que tu nous emmènes à Faisel, nous pouvons peut-être t'en persuader d'une autre manière.

Rollan brandit son poignard.

— Tasha, viens derrière moi, murmura-t-il.

Déterminée, la jeune fille refusa, empoignant fermement son bâton.

— Si vous vous battez, je serai à vos côtés.

Super, songea Rollan. C'était le genre de répartie qu'aurait pu prononcer Meilin. Malheureusement, Tasha n'avait pas les capacités pour joindre l'action à la parole.

Abéké avait déjà tiré une flèche de son carquois, mais elle ne s'était pas encore emparée de son arc.

— Vous avez tous des animaux totems, lança-t-elle en direction des hommes. N'avez-vous pas senti vos liens faiblir ? Notre relation est menacée. C'est pour cela qu'il nous faut retrouver Cabaro. Nous avons besoin de son aide pour empêcher le mal de détruire le monde.

Deux des hommes se figèrent en entendant ces mots, mais le troisième, celui avec le serpent, s'élança sur les enfants. Dante l'arrêta avant de le frapper au torse. Le garde fut projeté en arrière sur Otto. Même sans son animal totem, Dante était un farouche combattant.

— Attention au serpent ! cria Abéké. Il est sur ton bras !

Dante poussa un hurlement quand les crocs de la bête transpercèrent sa manche. Il retira la gueule du reptile de son bras et le projeta à travers la pièce, où il se noya dans une pile de draps en soie.

— Ça va, Dante ? demanda Rollan, sa voix montant dans les aigus.

Alors que le Cape-Verte examinait sa blessure, Rollan revit Gerathon en train de mordre Tarik.

— Ses crocs ont à peine effleuré ma peau. Tout va bien, assura Dante avant de venir en soutien à Abéké.

Les deux autres colosses avançaient doucement. Le troisième avait appelé son animal, un lynx qui se ruait déjà sur Uraza.

— Secouez-vous, Capes-Vertes! ordonna Dante.

Rollan se concentra sur l'homme qui portait le singe. Il s'approchait de Tasha et de lui. Il souleva une hache pour l'assener sur Rollan. Le jeune garçon para le coup sans difficulté et enfonça son couteau dans le ventre de son assaillant. Malheureusement, il n'atteignit que son vêtement. Avant qu'il puisse se redresser, le singe se jeta sur son visage en hurlant.

Rollan lâcha son poignard et essaya d'arracher l'animal avant qu'il lui déchire les yeux. Incapable de le déloger, le garçon tomba à terre et roula sur lui-même.

— Essix! appela-t-il.

Rollan sentit que le faucon s'envolait. Quelques secondes plus tard, ses serres agrippaient le singe. Le rapace partit ensuite par la fenêtre avec la bête, qui se débattait.

– Bhouhan ! hurla le garde, alors que son singe était emporté loin de sa vue.

Il se tourna ensuite vers Tasha et Rollan, plus résolu encore. En voyant le jeune Cape-Verte encore à terre, il brandit sa hache au-dessus de sa tête. Il l'abattit de toutes ses forces, mais Tasha bloqua l'arme avec son bâton. Pivotant sur place, elle força l'homme à reculer et vint se placer entre lui et Rollan.

– Tu vas bien ? demanda-t-elle par-dessus son épaule.

– Oui, ça va. Merci !

En se relevant, Rollan vit Ninani dans un coin de la pièce, ses ailes blanches déployées. Elle avait dû augmenter l'agilité de Tasha, sinon comment la jeune fille aurait-elle pu lui sauver ainsi la vie ?

Rollan ramassa son poignard. Sa peau le brûlait là où le singe l'avait griffé.

– Prêt ? appela-t-il. Ensemble !

Tasha et lui se précipitèrent en même temps que le garde, qui agita de nouveau sa hache. Mais Tasha le contra facilement, permettant à Rollan de le blesser à l'épaule. L'homme hurla de douleur et lâcha sa hache. En regardant le sang qui giclait de la plaie, il battit en retraite.

Rollan se tourna vers Abéké. Elle avait maîtrisé les deux autres gardes. L'un d'eux avait une flèche plantée dans la jambe, et l'autre se tenait l'épaule comme si elle était cassée.

— Tout le monde va bien? demanda-t-elle, sans lâcher des yeux les deux hommes.

— Je n'ai rien que ne pourront réparer une compresse et un bandage, répondit Rollan en essuyant le sang sur son visage. Tasha?

La jeune fille secouait la tête en contemplant l'extrémité de son bâton. Des éclats se hérissaient là où il était entré en contact avec la hache.

— Je n'en reviens pas. Qu'est-ce que je viens de faire? Je n'avais jamais manié d'arme de toute ma vie.

— Je suis content que tu apprennes vite, plaisanta Rollan. Merci aussi à Ninani. Je suis sûr qu'elle n'est pas pour rien dans tes nouvelles compétences.

Ninani s'approcha de Tasha et frotta sa tête contre les jambes de la jeune fille.

– Est-ce que je vais m'y habituer un jour ? À tous ces combats ?

Rollan poussa un soupir.

– Oui. Mais je ne pense pas que ce soit une bonne chose.

Abéké fit signe à Rollan de venir auprès d'elle.

– Je parlerai à Tasha pour m'assurer qu'elle va bien, murmura-t-elle. Va voir comment va Dante.

Rollan se tourna vers le Cape-Verte penché au-dessus d'Otto, son épée sous le menton du marchand.

– Lève-toi ! ordonna-t-il.

– Imbécile, tu m'as tranché la jambe ! gémit Otto, recroquevillé au sol.

– Au moins, je ne l'ai pas cassée, répliqua Dante en le taquinant du bout de sa lame. Allez, lève-toi. Tu nous emmènes chez Faisel maintenant, même si je dois te porter sur mon dos.

Alors qu'Otto se redressait péniblement, Rollan entendit du bruit dehors. Soudain, de nouveaux gardes firent irruption par derrière, précédés par le jeune vendeur qui les avait accueillis. Ils étaient au moins six et d'autres suivaient encore. Ils leur foncèrent dessus, ralentis par les rouleaux de soie.

— Passez par devant ! cria Rollan à Tasha et Abéké.

Il se tourna vers Dante.

— On doit y aller. Il faut que tu laisses Otto ici, il va nous ralentir.

Dante adressa un regard mauvais à Otto, mais il partit sans lui. Dans la rue, deux autres gardes, allongés sur le dos, gémissaient de douleur. Un troisième était écrasé sous la patte d'Uraza. Rollan dévisagea Tasha, qui tenait toujours fermement son bâton.

— Rappelle-moi de ne jamais me battre avec toi.

— On fait quoi maintenant ? demanda la jeune fille.

Les cris qui leur parvenaient de l'intérieur du magasin s'intensifièrent.

— On court ! répondit Rollan sans attendre.

Il s'élança dans une petite allée, et ralentit pour s'assurer que tout le monde était avec lui. Dante se tenait le bras en avançant. Le Cape-Verte avait garanti que le serpent n'avait fait qu'effleurer sa peau, que la blessure n'était pas profonde. Mais s'il se trompait ?

Rollan continua dans l'allée, se frayant un chemin entre les marchands, les stands et les badauds. Il dépassa le dernier grand groupe de chalands avant de s'arrêter. Maintenant que la voie était libre, il apercevait le grand mur en brique qui s'élevait devant lui. Même avec l'aide de leurs animaux totems, il doutait qu'ils puissent l'escalader. Sûrement pas atteindre le sommet avant que les gardes les rattrapent.

Abéké se planta à côté de Rollan.

— On fait quoi? demanda-t-elle. Peut-être qu'on pourrait se cacher dans une charrette.

— Par ici!

Rollan se tourna et vit le petit garçon qui les avait guidés. Il se dissimulait entre deux plantes en pot.

— Suivez-moi! cria-t-il avant de disparaître entre les épaisses feuilles vertes.

— On peut lui faire confiance? interrogea Dante.

— On n'a pas trop le choix, répondit Abéké en sortant une flèche de son carquois quand elle aperçut un garde qui s'engageait dans l'allée.

Elle rappela ensuite Uraza dans son état passif. Rollan songea que Tasha avait dû faire de même pour Ninani, parce qu'il ne voyait nulle part le grand cygne.

Ils se faufilèrent entre les plantes, qui donnaient sur une ruelle plus étroite encore entre un grand

mur en pierre et une rangée d'immeubles en bois branlants. Dante eut du mal à s'y déplacer avec ses larges épaules.

– On aurait dû se battre, se lamenta-t-il. Nous sommes des Capes-Vertes, tout de même !

– Contre une armée ? riposta Rollan. Allez, on avance.

Les gardes étaient toujours derrière eux. Ils avaient atteint la ruelle. Il espérait juste qu'ils n'avaient pas de flèches.

– On ne bouge plus ! leur ordonna un des gardes, avant de se tourner vers ses camarades. On les encercle pour les récupérer de l'autre côté.

Rollan tenta d'estimer la distance qu'il leur restait à franchir. Ils ne progressaient pas assez rapidement. *Ce serait le moment idéal pour qu'un type en cape rouge apparaisse.*

Dante aussi avait dû remarquer leur lenteur.

– On ne sera jamais assez vite à l'autre bout !

– On ne va pas jusqu'au bout ! affirma leur guide en grimpant sur le mur.

Rollan arriva à l'endroit où le garçon était monté. Il vit dans l'enceinte un grand trou irrégulier qui

débouchait sur un rebord usé en pierre avec vue sur toute la ville. Dans la vallée en dessous, des centaines de petites huttes et de cabanes en terre crue bordaient des rues tortueuses. Une large rivière divisait le périmètre en deux. Certaines maisons semblaient assez immenses pour abriter tous les Capes-Vertes de Havre-Vert. Et derrière s'élevait la première chaîne de montagnes, leurs cimes enveloppées d'une lueur orangée. Un panorama à couper le souffle, mais Rollan n'avait pas le temps d'en profiter.

– Par ici, appela le garçon en avançant sur le mur. Faites attention où vous marchez.

Les pieds de Rollan tenaient à peine sur le rebord. Il suivait pas à pas le garçon, tout en essayant de ne pas regarder vers le bas.

– On y est presque. On va trouver bientôt une doline. Elle va nous mener dans un puits naturel. L'eau devrait être assez profonde pour y plonger sans se casser une jambe. Je pense.

– Tu ne pourrais pas être un peu plus rassurant? le gronda Rollan.

Le garçon sourit avant de se jeter dans le trou.

Rollan s'arma de courage, ferma les yeux et s'élança à son tour.

Au début, rien. Et ensuite, après une éternité, Rollan toucha l'eau. Il en eut le souffle coupé. Il refit surface et se mit immédiatement à nager. Abéké arriva quelques secondes plus tard, en l'éclaboussant, et enfin Tasha et Dante

Ils remontèrent sur un petit rebord en grès. Le garçon les guida à travers une série de grottes reliées entre elles. Les parois en pierre se déclinaient en rouge sang et blanc lumineux. Des stalactites pendaient au-dessus de leurs têtes tels des chandeliers dans une salle de bal huppée. Rollan posa la main sur le mur d'une des grottes. Plus froid qu'il ne l'aurait imaginé.

– Autrefois, un affluent de la rivière Nilo coulait ici, expliqua le garçonnet en montrant ce qui semblait être un lit de rivière à sec. Tout ce qu'il en reste, ce sont ces grottes en grès.

Il s'arrêta enfin devant une grande fissure dentelée sur la paroi en pierre. Il passa à travers et Rollan

l'imita. Ils arrivèrent dans une autre caverne, presque impossible à repérer.

Le garçon les mena vers un effleurement rocailleux au fond de la grotte.

— Ils ne viendront pas jusqu'ici, mais il vaut mieux que vous vous cachiez, on ne sait jamais.

Ils se turent un long moment, redoutant l'arrivée des gardes.

— Je pense que nous sommes en sécurité, affirma enfin leur guide. Mais il vaudrait mieux rester ici jusqu'au crépuscule.

— Cette nuit, il nous faudra trouver une autre cachette, intervint Abéké. Otto a sûrement placé plus de gardes dans le port.

— Je pense qu'on a un problème plus sérieux, déclara Tasha. Dante ne va pas bien.

Le Cape-Verte était recroquevillé derrière un rocher. Il avait déjà retroussé sa manche et enveloppé un linge autour de son biceps. Deux petites morsures apparaissaient sous son coude. Autour, sa peau tannée était rouge et enflée.

— Dante? chuchota Rollan en examinant la plaie. Pourquoi n'as-tu rien dit?

— Je pensais vraiment qu'il s'agissait d'une égratignure. Je n'ai remarqué le gonflement que pendant notre fuite dans l'allée.

Abéké se tourna vers le garçon.

— Comment t'appelles-tu ?

— Madeo.

— Notre ami a besoin d'aide. Est-ce que tu connais quelqu'un en ville qui pourrait soigner sa blessure ?

Madeo hocha la tête.

— Une femme qui habite à côté du marché. Sayyidah Iolya. Elle vous aidera, mais ça vous coûtera un certain prix.

Rollan resserra le linge autour du bras de Dante.

— Parfait, nous paierons ce qu'elle nous demandera. Amène-nous à elle.

Rollan redressa Dante.

— Et dépêche-toi, lança-t-il, alors que les images de Tarik s'affichaient dans son esprit. On n'a pas beaucoup de temps.

La mer de Soufre

Meilin se réveilla le visage enfoui dans du sable noir. Elle se redressa, s'épousseta les joues et laissa ses yeux s'ajuster à l'obscurité infinie. Lentement, elle perçut la mer houleuse devant eux. Elle s'étendait à perte de vue.

Conor dormait encore. Elle souleva doucement la cape dont il se servait comme couverture. Le parasite était à la base de son cou. Il atteindrait bientôt son front. Leur seule chance de le sauver était de trouver le Wyrm et de le détruire. Sans Xanthe à leurs côtés, ce serait bien plus difficile.

Meilin aurait voulu remonter dans le temps et changer la façon dont elle avait traité Xanthe. Elle s'était montrée froide et cruelle avec la jeune fille, mais Meilin n'aimait pas se laisser guider. Elle n'en avait pas l'habitude. Comment pouvait-elle indiquer à ses co-équipiers la bonne trajectoire à suivre, quand elle ne savait même pas repérer le sud et le nord ? Elle s'était défoulée sur Xanthe, surtout quand celle-ci leur avait expliqué comment elle s'orientait dans les différents tunnels souterrains. Ce n'était pas comme si Xanthe avait mémorisé une carte. Elle jouait leurs vies sur ses intuitions, sa navigation magique.

Meilin examina le dessin sur le dos de sa main. De quel droit remettait-elle en question le lien spirituel de Xanthe avec Sadre ? Jhi et elle étaient la preuve vivante que le monde à la surface recelait des mystères tout aussi fantastiques. Parfois, il n'existait pas d'explications, il fallait se rendre à l'évidence.

Meilin rangea leurs faibles provisions. Elle aurait bien échangé toute leur cargaison d'algues contre une des plaisanteries idiotes de Rollan. Elle avait toujours recherché son sourire pour l'apaiser aux pires moments. Mais, à cause de Kovo, elle était coincée sous terre tandis que Rollan se trouvait en haut. Elle se demandait quelles autres Bêtes Suprêmes étaient revenues. Avec un peu de chance, Abéké et lui avaient eu plus de succès que Conor et elle.

Takoda vint la rejoindre dans leur camp en traînant derrière lui la grosse queue de champignon.

– Tu t'es assez reposée ?

– Non. Mais ça n'a pas d'importance, dit-elle en tendant la main. Tu as terminé la rame ?

Il hocha la tête et la lui tendit. En la prenant, Meilin remarqua comme les paumes de ses mains étaient rouges et abîmées. Elle soupesa l'objet. Encore très lourd, mais tout à fait maniable pour Kovo, et la poignée ronde lui offrirait une bonne prise. À l'autre extrémité, la partie plane leur permettrait de se propulser rapidement sur l'eau. Elle aurait préféré une voile pour se laisser pousser par les vents souterrains, mais ils n'avaient ni le temps ni le matériel pour la confectionner.

– Ça me semble très bien, commenta Meilin en la lui rendant. Merci, ajouta-t-elle après un moment.

Takoda examina la courge.

– On devrait commencer à y placer nos provisions.

Elle perçut la tristesse dans sa voix.

– Tu veux manger d'abord ? Ensuite on partira. On peut prendre encore quelques minutes...

– Non, il vaut mieux manger en route, pas la peine de perdre du temps.

Il partit vers leur embarcation de fortune. Meilin ne le retint pas. Takoda avait déjà bien assez de mal avec la disparition de la jeune fille et Meilin ne pensait pas avoir les mots pour le réconforter.

Mais elle savait qui les aurait.

Elle effleura le tatouage sur sa main et Jhi apparut à côté d'elle.

– Je vais réveiller Conor. Est-ce que tu pourrais aider Takoda ?

Une fois le panda parti, elle se pencha vers Conor et lui caressa le bras. Ses paupières s'entrouvrirent lentement.

– Euh... Meilin ?

Il s'assit et bâilla.

– Combien de temps ai-je dormi ?

– Pas très longtemps.

Elle n'aurait su dire exactement, cette pénombre continuelle l'empêchant d'évaluer le temps qui s'écoulait, mais elle savait qu'il avait dormi plus longtemps que d'habitude.

– Tu es prêt ?

Il hocha la tête et gratta Briggan entre les oreilles.

– Tu penses que je dois le rappeler à son état passif ?

Meilin se tourna vers la mer, qui semblait plutôt calme pour l'instant, mais elle n'avait aucune idée de ce qui les attendait.

– Je vous laisse décider tous les deux. Il y a assez de place sur le bateau, si c'est ce que tu demandes.

– C'est que... je ne sais pas si je peux me faire confiance. Surtout si je dois nous conduire au Wyrm. Je ne sais pas l'effet que ça aura sur le parasite.

Il haussa les épaules.

– Et n'essaye pas de me convaincre du contraire. C'est notre meilleur plan.

Meilin ne dit rien. Conor lui avait déjà expliqué qu'il sentait le Wyrm quand il creusait la courge.

Elle n'avait pas voulu se servir de cette connexion pour le retrouver, mais, sans Xanthe, ils n'avaient pas d'autre option.

– C'est beaucoup exiger de toi, conclut-elle enfin, pesant chacun de ses mots.

– Tu aurais fait la même chose, affirma Conor en la fixant de son regard bleu myosotis.

Il avait tant changé. Le petit berger de l'Eura au visage rougeaud devenu un des héros de l'Erdas. Plus mince, plus grand, moins naïf et totalement investi dans sa nouvelle vie de combats, de dangers et de quêtes.

L'ancien Conor lui manquait tant.

– Tout ira bien, lui assura-t-elle. Je crois en toi. Rappelle-toi comment j'ai survécu à la Bile de Gerathon. Tu feras pareil. Utilise le Wyrm, mais ne le laisse pas prendre le contrôle sur toi.

– D'accord. Mais il faut que tu me promettes quelque chose.

Meilin savait déjà où il voulait en venir.

– Non, Conor.

Il se plaça droit devant elle.

– Si l'heure vient... *Quand* l'heure viendra où le parasite s'emparera de mon corps, il faut que tu m'arrêtes. Je ne veux pas devenir l'un d'eux. Faire partie des Nombreux.

Meilin baissa les yeux vers ses mains. Elle ne voulait pas qu'elles lui servent à se battre contre Conor. Mais elle ne voulait pas non plus que son ami se transforme en un des esclaves sans cerveau du Wyrm.

– On va... trouver quelque chose, bégaya Meilin. On apportera des cordes... pour t'attacher.

– Et si ça ne marche pas ?

Meilin finit par lever la tête tout doucement.

– Alors je t'arrêterai, promit-elle. D'une façon ou d'une autre.

Elle se leva et partit rejoindre Takoda et Jhi près du bateau. Takoda semblait plus détendu, le panda avait usé de ses pouvoirs pour l'apaiser. Meilin n'aurait pas pu surmonter certaines des journées les plus sombres sans la Bête Suprême.

En avançant vers Meilin, Jhi époussetait le sable sur son pelage noir et blanc. Après quelques tentatives infructueuses pour se nettoyer, elle s'assit et attendit la jeune fille.

– Paresseuse, plaisanta Meilin. Je sais que tu n'aimes pas la plage, mais il y a pire, je te le garantis.

Elle frotta les pattes du panda afin d'en retirer autant de sable que possible. Ensuite, elle le rappela à sa forme passive. Elle le maintiendrait ainsi aussi longtemps que Conor n'aurait pas besoin de ses soins.

Takoda et Meilin n'échangèrent pas un mot en chargeant leur embarcation. Conor apporta les provisions restées au camp. Kovo s'assit à quelques mètres d'eux, les bras croisés impunément, mais Meilin ne voulait pas lui demander son aide. C'est lui qui ramerait, de toute façon.

Elle ramassa son bâton de combat pour le ranger dans le bateau. La sensation dans la main lui était étrangère. Le bout de bois n'était pas assez long ni assez lourd. Mais elle préférait l'emporter. C'était l'une des rares armes qu'ils possédaient encore. Ils avaient pratiquement tout perdu en se sauvant de Phos Astos, et le reste pendant leur course folle dans les champs arachnéens.

Une fois que tout fut prêt, Takoda appela Kovo. Avec force soupirs et grognements, le grand singe vint pousser avec eux le bateau dans la mer.

– Il est fâché de devoir ramer ? demanda alors Conor.

– Non, mais il déteste l'eau.

Il jeta un regard à Briggan, qui, timidement, tâtonnait de ses pattes le sable humide.

– Il serait peut-être mieux dans sa forme passive ?

– Conor et Briggan vont bien, intervint Meilin, tranchante.

Elle regretta immédiatement son ton, mais elle ne voulait surtout pas que Takoda embarrasse Conor, même sans le faire exprès. De l'eau éclaboussa ses bottes et ses jambes quand elle partit vers la coque et monta à l'intérieur.

– Allons-y.

Conor et Briggan suivirent, puis Takoda. Et enfin Kovo s'y installa. La courge s'enfonçait à chaque nouveau passager, mais elle ne coula pas. Kovo s'installa à l'arrière. Il plongea la rame jusqu'au sable pour les pousser vers le large.

– Quel est le plan? demanda Takoda. Nous pouvons laisser le courant nous porter, pour économiser les forces de Kovo.

– Voyons d'abord si c'est la bonne direction, répliqua Meilin. Conor?

Plus pâle que jamais, le garçon hocha la tête. Une main sur la tête de Briggan, il ferma les yeux. Au début, il respirait normalement, mais rapidement son souffle s'emballa. De la sueur perlait sur son visage et son corps se mit à frissonner. Le parasite à la base de son cou semblait trembler, lui aussi. Meilin avait l'impression de voir la marque noire bouger...

– Conor, reprends tes esprits! hurla-t-elle, alors que le parasite progressait.

Elle ne pouvait pas laisser Conor sombrer.

– Conor!

– À gauche! répondit-il dans un cri, ses yeux s'ouvrant brusquement.

Il indiqua d'un doigt vacillant un point invisible à l'horizon.

– Là-bas. C'est là qu'on doit se rendre.

Meilin s'approcha de son ami.

– Tu vas bien ? Qu'est-ce que tu as vu ?

– Rien vu, lâcha-t-il après un moment. Senti.

Il essuya la transpiration sur son front.

– J'ai senti le mal.

Meilin n'avait aucune idée du temps que leur prendrait le trajet jusqu'aux racines de l'Arbre Éternel. Cela faisait des heures qu'ils naviguaient et ils ne semblaient pas s'être approchés. La plupart du temps, ils se laissaient porter par le courant, même si Kovo avait besoin par moments de les réorienter dans la bonne direction.

Elle avait ordonné à tous de se reposer. Conor ne perdit pas de temps et s'endormit aussitôt qu'il fut allongé. Takoda manifesta plus de réticence, mais il finit lui aussi par fermer les yeux. Juste avant de s'assoupir, il conseilla à Meilin de se ménager et de laisser Kovo prendre le premier tour de garde.

Sûrement pas, songea la jeune fille. Elle craignait trop que le gorille les fasse chavirer pour combattre seul le Wyrm ou, pire, se rallier à lui. Ou peut-être qu'il ferait passer Conor par-dessus bord. Kovo n'avait pas cherché à cacher ses sentiments envers le jeune garçon. Dès que Conor s'endormait, Takoda et Kovo se mettaient à signer avec effervescence. Le gorille tournait les mains et les dirigeait vers Conor. Chaque fois, Takoda répondait en pinçant son pouce avec deux doigts et en secouant la tête : *Non !*

La situation était critique, mais, tant que Conor résisterait au parasite, elle ne l'abandonnerait pas.

Et s'il finissait par renoncer ?

Meilin savait ce que cela signifiait de ne plus pouvoir contrôler ses actions, de devoir lutter contre une autre volonté pour diriger son propre corps. Durant la cérémonie du Nectar, quand elle avait invoqué Jhi, son père lui avait secrètement versé une concoction appelée Bile. Il voulait s'assurer qu'elle serait bien liée à un animal totem. Mais cela l'avait assujettie à Gerathon le serpent, et elle s'était retrouvée contrainte d'obéir aux ordres de la Bête Suprême.

Maintenant encore, elle se rappelait l'expression sur les visages d'Abéké et de Rollan quand Gerathon l'avait forcée à les attaquer. Meilin entendait le son de son bâton qui s'abattait sur le crâne d'Abéké, juste avant qu'elle ne la capture pour la livrer aux

Conquérants, en bonne guerrière sans cerveau qu'elle était devenue.

Meilin avait eu de la chance. Elle avait réussi à ne pas faire trop de mal à ses amis, et, grâce à Tellun, elle avait réussi à se libérer de la Bile. Mais Conor pouvait-il espérer la même libération ? Et s'il s'en prenait à elle ou à Takoda, serait-elle prête à tout faire pour l'arrêter ?

Elle se demanda si elle devait rappeler Jhi. Le réconfort du panda pourrait lui faire du bien, et ses soins retarder un peu la progression de l'infection. *Je l'appellerai quand Conor sera réveillé,* se dit-elle. *Je me battrai jusqu'au bout.*

Meilin ajusta sa cape sur ses épaules et se cala dans le bateau. En face d'elle, Kovo observait la mer. Elle suivit son regard.

Peut-être qu'il apercevait quelque chose au-delà des hautes vagues jaunes. Meilin scruta l'horizon attentivement. La houle semblait s'échouer sur une surface solide. Un banc de terre ? Une falaise ? Ou un bateau ? Oui, un bateau ! L'*Orgueil de Tellun II* fendait les eaux couleur moutarde. Rollan se tenait à la barre du navire, sa cape verte usée s'agitant dans le vent. Un sourire aux lèvres, il faisait de grands signes. Il criait, mais Meilin était encore trop loin pour l'entendre. Elle se pencha davantage...

Elle sursauta brusquement. Pas de navire, pas de Rollan. Elle s'était endormie ! En face d'elle, Kovo la dévisageait, amusé. *Mauviette*, semblaient dire ses yeux.

Meilin se redressa, adoptant une position moins confortable.

Plusieurs heures s'écoulèrent. Elle se sentit basculer encore plusieurs fois dans le sommeil, mais parvint à ne pas se laisser aller. Elle jeta un coup d'œil à Kovo. Parfaitement immobile, il tenait la rame sur ses jambes. Il avait les yeux fermés et respirait paisiblement. Le puissant Kovo s'était endormi. *Ah !* Qui des deux était la mauviette ?

Sur le point de réveiller les autres, elle vit un halo lumineux au loin. On aurait dit un soleil miniature, ou peut-être une pleine lune, mais ils se trouvaient sous terre. C'était impossible. Elle se pinça pour s'assurer qu'elle ne rêvait pas.

En approchant de la lumière, Meilin se rendit compte qu'elle semblait planer dans l'air. Elle songea aux sphères scintillantes que Takoda avait trouvées. Elles n'étaient pas aussi brillantes que ce qui se profilait devant elle. Si elle pouvait s'en emparer, ils n'auraient plus à subir cette pénombre éternelle.

Meilin se leva doucement, pour ne pas secouer l'embarcation. L'orbe était presque à sa portée. Elle se hissa sur la pointe des pieds, tendit les bras et l'attrapa avec les deux mains. Il était chaud et collant, mais au moins la substance poisseuse qui l'enrobait facilitait la prise.

Ce n'est que lorsqu'elle le saisit qu'elle remarqua qu'il ne flottait pas en l'air, mais pendait à une branche d'arbre grise et sinueuse qui plongeait dans l'eau. Quel type d'arbre était-ce?

Elle tira fort sur la sphère pour la déloger. Soudain, l'eau autour d'eux se mit à bouillonner et l'orbe l'attira. Meilin voulut le lâcher, mais il s'accrochait à elle! L'espèce de glu lui collait aux mains.

La branche se retira violemment. Meilin trébucha. Son pied se prit dans le rebord de la courge et elle se sentit passer par-dessus bord. Elle ferma les yeux et s'arma de courage pour pénétrer dans l'eau jaune, mais on l'attrapa par le poignet, lui évitant de justesse la chute.

Kovo !

Il s'était jeté sur elle, et la remontait désormais dans le bateau. Aussitôt la sphère se remit à bouger dans tous les sens, secouant fortement Meilin. Kovo agrippa la branche pour la briser.

Une fois la boule libérée, Meilin tomba à la renverse. Takoda s'était réveillé et Conor essayait de se défaire de sa cape, dans laquelle il s'était emmêlé.

– Que se passe-t-il ? cria Takoda.

– Je ne sais pas, répondit Meilin en se redressant. J'ai vu cette sphère et je l'ai prise, pour qu'elle nous donne de la lumière. Mais maintenant elle est collée à mes mains.

– Qu'est-ce que c'est ? demanda Conor en montrant l'eau.

Quelque chose s'agitait sous la surface. Quand cela remonta, tout le monde retint sa respiration. On aurait dit une baudroie mutante et déformée. Meilin avait entendu parler de ces chasseurs de haute mer qui attiraient leurs proies grâce à leurs antennes brillantes. Une double rangée de dents s'alignait dans la gueule ouverte du poisson. Sa peau translucide était recouverte de longues pointes. Il semblait foncer droit sur Meilin en la dévisageant de ses grands yeux noirs.

— Il va nous percuter! Accrochez-vous!

Le poisson cogna le côté du bateau, le secouant dangereusement. Briggan jappa en glissant vers le bord. Conor bondit pour le rattraper et lui éviter de tomber à l'eau.

— Il fait demi-tour, avertit Takoda.

Kovo s'élança de l'autre côté du bateau pour regarder le poisson qui revenait. Il souleva sa rame au-dessus de sa tête et l'assena sur le prédateur qui se ruait une nouvelle fois sur eux. Le bateau fut ébranlé avec une telle violence que Takoda et Kovo furent projetés dans les airs. Meilin sauta de l'autre côté de l'embarcation afin qu'elle ne se retourne pas.

— Venez au centre! cria-t-elle. Sinon, nous allons chavirer!

Ils se jetèrent tous au milieu de la courge et attendirent. Tout d'abord, le bateau continua à tanguer fortement, mais, après un moment de tension extrême, il ralentit pour se balancer paisiblement.

– Il est parti ? demanda Conor.

– Oui, je pense, répondit Takoda. Kovo a dû l'arrêter.

Il se tourna vers son animal totem et fit un signe avec ses mains. Meilin le voyait l'employer de plus en plus souvent. *Merci.*

Au lieu de répondre, la Bête Suprême s'éloigna vers le bord de l'embarcation pour observer l'eau.

– Kovo ? Qu'est-ce qui ne va pas ? s'inquiéta Takoda. Tu penses que le poisson va nous attaquer encore ?

Kovo secoua la tête. Il fit le signe de ramer et montra derrière lui.

– Quoi ? s'enquit Meilin. Tu veux qu'on parte dans l'autre sens ? Le Wyrm est dans cette direction ? demanda-t-elle à Conor.

– C'est la rame, corrigea Takoda. Kovo a dû la laisser tomber pendant le dernier assaut. Elle s'est perdue dans la mer.

Meilin se mit à chercher furieusement.

– Quelqu'un la voit ?

Elle approcha de la surface de l'eau la sphère toujours collée à ses mains.

— Elle est sûrement quelque part derrière nous.

— Et même si c'est le cas, comment pourrions-nous la récupérer? interrogea Takoda. On n'a aucun moyen de retourner en arrière. Et on ne peut pas nager avec de telles créatures marines autour de nous.

— Alors on va se contenter de rester assis là, et laisser le courant nous pousser? s'énerva Meilin.

— Ça pourrait être pire. Au moins, il y a du courant, répliqua Takoda. Nous devrions faire l'inventaire. J'ai vu au moins un paquet de nos provisions tomber à la mer.

Conor s'agenouilla devant Meilin et inspecta ses mains.

— Laisse-moi t'aider avec ça.

Ils tirèrent ensemble et Conor finit par la libérer de la sphère accrochée à ses paumes, mais une couche d'épiderme s'arracha en même temps.

Meilin aurait voulu balancer la sale boule dans l'eau. Ils partaient à la dérive, sans aucun moyen de naviguer, et leurs maigres réserves venaient de baisser encore.

Par la faute de Meilin, ils étaient à la merci de la mer de Soufre.

Sayyidah Iolya

Assise dans un coin de la petite hutte toute simple avec Rollan, Abéké et Madeo, Tasha prit une autre cuillerée de soupe aux légumes. Enfin, elle n'était pas trop sûre de savoir de quoi était composée cette soupe, mais se dire que les morceaux gris qui flottaient dans le liquide marron était des racines exotiques calmait son estomac. Abéké avait pratiquement terminé son bol, tandis que Rollan et Madeo commençaient déjà leur deuxième. Elle aurait tout donné pour les épices spéciales de Dante.

De l'autre côté de la pièce, Sayyidah Iolya, une vieille femme bossue, soignait Dante. Quand ils étaient arrivés au seuil de sa porte, il tenait à peine sur ses jambes. Après lui avoir expliqué la raison de son mal, ils l'avaient grassement payée, et elle avait préparé une potion dans une grosse marmite en cuivre. Quoi que soit cet élixir, il sentait encore plus mauvais que la soupe de légumes. Dante avait hurlé de douleur quand elle l'avait versé sur son bras enflé. À présent, il était silencieux et Tasha n'aurait su dire si c'était bon signe.

Après avoir bandé la blessure, Sayyidah Iolya revint vers eux.

– Ton père a été mordu par un mocassin d'eau à rayures rouges, expliqua-t-elle à Rollan. Il a eu de la chance que ce ne soit que superficiel... et que vous m'ayez trouvée. Si le serpent avait enfoncé ses crocs plus profondément dans sa chair, il serait déjà mort depuis longtemps.

— Merci, répliqua Rollan. Mais ce n'est pas mon père.

Tasha perçut l'émotion dans la voix du jeune garçon. Elle repensa à leur conversation à Stetriol, au sujet du Cape-Verte qui avait été comme un père pour lui. Elle savait qu'il n'était plus en vie, même si Rollan ne lui avait pas raconté ce qui lui était arrivé.

Sayyidah Iolya frappa sa canne en bois noueux sur la terre battue.

— En tous les cas, il doit rester ici quatre jours. C'est le temps qu'il faudra pour que le poison et mon antidote quittent son corps.

La femme dessina sur ses lèvres un sourire tordu et édenté.

— Vous imaginez bien que le logement vous coûtera un supplément.

Rollan grimaça en sortant quelques pièces de sa bourse.

— Au cas où vous n'auriez pas remarqué nos capes, c'est nous les gentils.

La femme prit l'argent et l'examina à la flamme d'une bougie.

— Cape-Verte, Conquérant, marchand, je me fiche de votre couleur ou votre emblème, du moment que vous me payez en or.

Tasha attendit qu'elle reparte vers Dante.

— Au moins, elle ne nous a rien demandé pour la soupe aux légumes.

Rollan se tourna doucement vers la jeune fille.

— Tasha, ce ne sont pas des légumes.

— Je ne suis pas sûre de vouloir savoir..., commença-t-elle, son ventre émettant de bruyants gargouillis.

— Non, lancèrent d'une même voix Abéké, Rollan et Madeo.

Tasha posa son bol à terre. Même aux pires moments, sa vie à Stetriol n'avait jamais été aussi affreuse.

— On fait quoi maintenant?

— Nous ne pouvons pas attendre que Dante se rétablisse, affirma Abéké. Madeo, connais-tu une entrée secrète dans Zourtzi?

Le garçon ouvrit de grands yeux.

— La forteresse est impénétrable et ses sentinelles sont cruelles. Aucun de nous n'oserait s'y introduire.

C'est bien dommage, parce que Faisel organise toujours des festins, il paraît qu'il sert à ses chiens de chasse des caisses entières de restes de poulets.

– On a entendu dire qu'il s'apprête à donner un grand banquet pour fêter l'arrivée de Cabaro, déclara Abéké.

– Oui, une fête de sept jours, confirma Madeo. Des navires devraient accoster demain. Mes amis au port disent que les convives viennent d'aussi loin que l'Amaya.

Rollan et Abéké échangèrent un regard entendu.

– La rumeur court vite. Zerif pourrait déjà être en route.

– Avec une armée de Capes-Vertes infectés, grommela Rollan. Il ne manquait plus que ça.

– On pourrait s'infiltrer à l'intérieur, suggéra Madeo. Pour les fêtes de cette ampleur, Sealy, le chef cuisinier, fait appel à des enfants pour le service. Il ne les choisit jamais parmi les orphelins des rues, mais dans les familles «respectables» qui vivent au bord de la rivière. Sealy les a déjà sélectionnés, mais je suppose que j'arriverai facilement

à en trouver trois prêts à échanger leur place avec vous... pour un bon prix.

– C'est une bonne idée, j'imagine, acquiesça Abéké.

– Je vais lancer le mot ce soir, et je vous retrouverai ici à l'aube avec des vêtements de domestiques.

Madeo se leva en dévisageant Abéké.

– Beaucoup de mes amis aiment Cabaro, parce que c'est un lion et qu'il vient du Nilo. Mais j'ai toujours été le plus rapide de ma famille. Mon préféré est Uraza.

Abéké sourit et la panthère apparut dans un éclair. Elle s'approcha doucement du jeune garçon.

– Tu peux la toucher, proposa Abéké. Elle est gentille avec ceux qui se montrent bienveillants.

Le garçon plaça délicatement la main sur le dos de la Bête Suprême.

– Pendant que Faisel et sa famille s'abritaient dans leur forteresse, le reste de Caylif est tombé aux mains des Conquérants, déclara Madeo. Les conditions de vie étaient atroces. Tout le monde n'a pas survécu.

Il retira la main et recula d'un pas.

— Merci de nous avoir sauvés.

Il sortit ensuite de la hutte.

Tasha appela Ninani. L'oiseau renifla le bol mais n'y toucha pas.

— C'est toujours comme ça quand on est un Cape-Verte ? demanda-t-elle. Les gens attendent tellement de vous. Lorsque j'étais chez moi, je n'avais à me soucier que de mes devoirs de classe et de mes corvées.

— C'est la vie d'un Cape-Verte, confirma Abéké. Même si être accompagné d'une Bête Suprême attire encore plus l'attention.

La jeune fille caressa Uraza et la panthère ron-ronna en réponse.

— Mais, comme tu l'as vu par toi-même, c'est aussi très enrichissant.

— Nous te voulons à nos côtés, affirma Rollan. Mais tu n'as pas à prendre ta décision aujourd'hui, tu as le temps.

— Si Havre-Vert est tombé, reste-t-il encore des Capes-Vertes ? demanda Tasha. Sont-ils encore là pour que je me rallie à eux ?

— Il y aura toujours des Capes-Vertes, assura Abéké.

Elle s'étira et s'enveloppa de sa cape comme d'une couverture.

— Il vaut mieux que nous dormions. Une longue journée nous attend.

— Au moins, nous n'aurons pas à manger du ragoût de rats si on joue les domestiques de Faisel, ajouta Rollan.

— Du ragoût de rats ? répéta Tasha, écœurée. Tu plaisantes, n'est-ce pas ?

Pour toute réponse, Rollan éclata de rire.

Zourtzi

Abéké s'efforçait de ne pas tirer sur sa longue chemise grise et rêche, ni sur sa jupe noire qui la démangeait. Madeo avait réussi à trouver trois enfants ravis de céder leur poste contre quelques espèces sonnantes et trébuchantes. Ainsi, Abéké, Rollan et Tasha avaient pris leur place en tant que domestiques. Trop longue, la chemise d'Abéké avait nécessité une petite retouche que Tasha avait effectuée sans difficulté.

Abéké et Tasha se tenaient au bord de la jetée en compagnie d'une vingtaine d'autres filles. Rollan se trouvait dans la ligne parallèle avec les garçons.

À deux quais de là, des gardes en uniforme entouraient l'*Orgueil de Tellun II*.

Deux grands gaillards, en tunique noire et bottes, guidaient chacun des groupes. Alors que les enfants défilaient l'un après l'autre, les gardes les inspectaient rapidement et cochaient un parchemin avant de les autoriser à monter sur le bateau à voile. Madeo et ses compagnons avaient dit à Abéké de ne pas s'inquiéter pour la liste. Les hommes qui les contrôleraient ignoraient à quoi ressemblaient les domestiques, ils n'avaient que leurs noms. Abéké avait facilement mémorisé le sien. Elle espérait que Tasha aussi.

Devant elle, la jeune fille gigotait nerveusement, arrangeant encore et encore ses tresses blondes. Abéké posa une main sur son épaule.

– Essaye de te calmer, murmura-t-elle. Fais comme si tu étais une des leurs.

Abéké ramassa son sac et avança d'un pas. Elle avait réussi à y fourrer sa cape et celle de Tasha, mais avait dû laisser son arc et ses flèches chez Sayyidah Iolya. Madeo leur avait promis de rendre visite à Dante et de lui expliquer leur plan. Il avait refusé que Rollan le paye, prétextant qu'il ne pouvait accepter encore de l'argent des Héros de l'Erdas.

Il ne restait que deux petites filles devant elles, quand Abéké entendit une voix qu'elle reconnut.

– Sealy ! Je sais que tu es là !

Elle se tourna. Otto, le marchand du magasin de soie, arrivait en boitant, sa canne noire en obsidienne claquant à chaque pas. Le garde à l'extrémité de la jetée ne dit rien, mais indiqua le bateau d'un signe de tête. Otto ronchonna et grimpa maladroitement sur la rampe pour monter sur le pont. Il disparut dans une petite cabine.

Tasha fit volte-face.

– Abéké...

– Baisse la voix, murmura la jeune fille.

Elles avancèrent.

– Ne t'inquiète pas. Rien n'arrivera si tu évites d'attirer l'attention.

– On a détruit sa boutique hier, objecta Tasha. Dante lui a tranché la cuisse. Il va nous reconnaître.

Ils devaient s'introduire à Zourtzi, et c'était leur meilleure chance. Mais il ne fallait pas que ce manque d'options affecte leur jugement. Abéké croisa le regard de Rollan. Elle leva un sourcil pour l'interroger. Il secoua la tête en guise de réponse.

Ils étaient d'accord. Ils monteraient sur ce bateau.

– On continue, affirma-t-elle tout bas en poussant légèrement sa camarade.

Lorsque Tasha arriva devant le garde, Otto sortait de la cabine. Elle reçut l'autorisation d'embarquer au moment où il reprenait la rampe.

Abéké posa la main sur sa manche, prête à appeler Uraza, mais Otto passa à côté de la fillette sans même lui adresser un regard.

Rassurée, Abéké baissa la main, donna son nom au garde et monta à son tour dans le bateau. Rollan les rejoignit quelques instants plus tard.

– Comment tu savais qu'il ne nous remarquerait pas ? demanda Tasha. Je suis passée tout à côté de lui. C'est impossible qu'il ne m'ait pas vue !

– C'est un homme riche et important, répliqua Abéké. Et nous ne sommes que des domestiques.

– Il ne va pas s'abaisser à poser les yeux sur nous, renchérit Rollan. Pour lui, des mômes comme nous n'existent même pas.

Tasha se mordilla la lèvre en regardant le port. Abéké ne connaissait rien de son passé, hormis le fait qu'elle était sûrement bien plus riche que Rollan et elle. Et, contrairement à eux, Tasha avait encore ses deux parents.

Abéké se demanda ce que sa mère aurait dit si elle avait été en vie durant sa cérémonie du Nectar. Si elle l'avait vue invoquer Uraza. De ce qu'elle se rappelait de sa mère, Abéké imaginait qu'elle aurait réagi de façon bien plus positive que son père.

Une fois tous les enfants à bord, le bateau démarra.

– Au moins l'*Orgueil de Tellun II* est toujours là, murmura Rollan en passant à côté du navire. Mais, avec tous les gardes qui l'entourent, je ne vois pas comment on pourra repartir.

– On s'en occupera plus tard. Je suis sûre que Dante nous aidera à quitter le Nilo, dit Abéké en souriant. Ou peut-être que nous pourrons nous cacher dans mon village. Soama nous préparera un repas bien meilleur qu'un ragoût de rats.

Tasha grimaça.

– Sérieusement ? C'est vraiment un ragoût de rats qu'on a mangé hier ? demanda-t-elle en se couvrant la bouche. J'ai besoin de m'asseoir. Je ne me sens pas bien...

Les trois enfants trouvèrent un endroit isolé le long du bastingage. Les autres parlaient et s'amusaient entre eux, mais, de l'avis d'Abéké, il valait mieux qu'ils restent à l'écart. Elle n'était pas sûre que Tasha serait capable de parler aux autres sans révéler leur véritable identité.

Le bateau, poussé par le courant et les vents favorables, dépassa rapidement le grand navire au large. Ils aperçurent bientôt la forteresse majestueuse. De près, elle était encore plus spectaculaire. Ses murs blancs étaient plus lisses que s'ils avaient été polis, et ses quatre tours semblaient s'élever vers le soleil.

Rollan montra l'eau.

– Vous reconnaissez ces rochers ?

Abéké observa les formes anguleuses et pâles juste sous la surface. Le bateau naviguait à quelques

mètres à peine de l'affleurement. S'il s'approchait encore un peu, les rochers déchireraient la coque.

— On dirait du ciment. Ce n'est pas naturel, affirma Tasha.

— Ils ont construit un récif artificiel pour éloigner les bateaux ? s'étonna Rollan. Espérons qu'il sera plus facile de sortir d'ici que d'y entrer.

Le bateau fut amarré le long de la jetée en brique et pierre. Les enfants débarquèrent en ligne par une large passerelle. Le quai rejoignait une grande promenade ombragée par d'imposants palmiers et des genévriers. Une belle pelouse, parfaitement tondue, s'étendait devant une série de marches en ivoire, au sommet de laquelle se dressait une double-porte en granite.

Abéké tenta de ne pas regarder les gardes stationnés sur les marches. Contrairement aux soldats niloais, ils portaient des uniformes noirs sous de lourdes cottes de mailles, certains avec des galons sur leurs épaules. Chacun portait un sabre, pareil à ceux des gardes du magasin de soie.

Les enfants furent conduits à travers le hall et un immense couloir vers les quartiers des domestiques, où quelques-uns les accueillirent. Ils portaient des uniformes qui semblaient bien plus pratiques et plus confortables que les tenues des enfants.

Abéké reçut les premiers ordres et fut dirigée vers son dortoir, qu'elle partageait avec Tasha et une frêle jeune fille aux cheveux bruns et courts. Mais, avant que les trois filles ne partent vers leur chambre, Rollan attira la brunette dans un coin, lui glissa quelques mots à l'oreille et lui déposa une pièce dans la main. Il sourit en revenant vers Abéké et Tasha.

— On dirait qu'il n'y a que des hommes d'affaires dans cette ville, enfants comme adultes, déclara-t-il en prenant le sac d'Abéké. Allons nous installer.

La chambre était petite mais confortable, avec deux lits sur le mur face à la porte, et le troisième sous une petite fenêtre.

Rollan regarda dehors.

— Elle a de la chance, Essix. Je serais mieux à planer dans les airs, dit-il en s'écroulant sur le lit.

Abéké s'assit sur un autre.

— Rollan, on t'a confié quelle tâche ?

Il secoua la tête et s'adossa contre le mur, les mains derrière la nuque.

— Je dois aller dans la cuisine d'ici une heure pour qu'on m'en donne une.

— Moi aussi, affirma Tasha. On a un peu de temps devant nous, on pourrait partir à la recherche de Cabaro.

— Non, c'est trop imprudent, répliqua Abéké. Ça éveillerait les soupçons si on nous voit fureter dans les couloirs. Et ça compromettrait nos chances de réussir cette mission.

Elle ouvrit son sac pour en sortir un poignard.

— Et, en plus, je sais déjà où est Cabaro.

Rollan se redressa.

— Quoi ? Tu ressens sa présence grâce à ton intuition féline ?

— Tu es drôle, répondit-elle en souriant. Mais non, j'ai pour rôle de servir Kirat.

— *Pardon ?* Ils laissent des enfants s'occuper de la famille de Faisel ? s'étonna Rollan. Ça n'a pas de sens !

— À ce que j'ai compris, les domestiques en titre sont chargés de veiller sur les invités de marque, expliqua Abéké en haussant les épaules. Nous sommes relégués aux basses corvées, comme servir son fils.

Elle glissa le poignard dans sa botte et lissa sa jupe.

– Souhaitez-moi bonne chance.

Abéké et cinq autres domestiques attendaient dans le couloir de service qui menait à l'une des nombreuses salles à manger de la forteresse. Chacun portait un plateau, certains en avaient même deux. Abéké tenait une grande bassine fumante de serviettes chaudes. Malgré les trois épais torchons qui entouraient les anses, ses doigts brûlaient, mais elle n'osa pas se plaindre. Sealy, le cuisinier en chef, avait déjà renvoyé un enfant parce qu'il avait éclaboussé le sol immaculé de la cuisine avec une goutte de jus de mangue.

– Rangez-vous contre le mur dès que vous serez entrés dans la salle à manger de maître Kirat, ordonna Ahmar.

C'était un des serviteurs de la forteresse et il devait guider le groupe d'Abéké.

– Quoi que vous fassiez, ne regardez ni Kirat ni Cabaro directement dans les yeux.

Il baissa la voix.

– Surtout Cabaro. Il a déjà mutilé deux domestiques. Mais, si vous gardez la tête baissée et évitez les mouvements brusques, vous devriez vous en sortir avec tous vos doigts.

Ahmar frappa trois coups sur la porte, personne ne répondit. Il ouvrit et invita les enfants à entrer. La pièce était immense. De longs rideaux en soie écarlate pendaient devant chaque fenêtre, inondant le lieu d'une lueur rouge et apaisante. Des trophées d'animaux empaillés décoraient les murs. Abéké fut soulagée de n'y trouver aucune panthère.

Au centre de la pièce trônait une splendide table ronde en bois sculpté. Elle pouvait accueillir au moins douze invités, même si un seul majestueux fauteuil était placé devant. Ahmar y posa deux ustensiles en or et ivoire, avant de repartir vers le mur rejoindre les serviteurs.

La porte principale s'ouvrit alors. Quelques hommes apparurent, leurs pas résonnant bruyamment sur le sol. Ils furent suivis par un grand garçon vêtu de lin beige. Des bagues en or scintillaient sur ses doigts. Sûrement Kirat.

Cabaro entra en dernier.

La fille à côté d'Abéké retint sa respiration et l'assiette d'œufs trembla dans ses mains. Abéké jeta un rapide coup d'œil à la rangée et vit que les autres enfants étaient tout aussi impressionnés.

Cabaro approcha doucement de la table, sa queue s'agitant paresseusement de gauche à droite. Il était légèrement plus grand qu'un lion normal. Comme les autres Bêtes Suprêmes, il n'était plus que l'ombre de ce qu'il avait été, mais Abéké se rappela tout de même qu'il était encore un lion.

Il bâilla, révélant ses crocs blancs.

La dernière fois qu'Abéké avait vu Cabaro, il se ruait sur l'Arbre Éternel : il sacrifiait sa vie pour sauver l'Erdas. Elle se demanda s'il avait gardé le souvenir de cet acte.

Ahmar se redressa rapidement quand un autre homme fit son apparition. À voir comment tout le monde, y compris Kirat, le saluait avec une révérence pleine de respect, Abéké conclut qu'il s'agissait de Faisel. Sa physionomie rappela à la jeune fille à la fois les habitants du Zhong et ceux du nord du Nilo. Elle imaginait qu'il possédait les deux héritages, comme Takoda.

Faisel frotta sa barbe grisonnante en inspectant la rangée d'enfants contre le mur.

– Ne vous inquiétez pas, Cabaro a déjà mangé.

Il adressa un sourire au plus petit : un garçonnet brun originaire de l'Eura à la peau blanche maculée de taches de rousseur.

– Mais peut-être qu'il voudra encore du dessert.

Faisel emplit de son rire la pièce silencieuse. Cabaro bâilla de nouveau, avant de s'affaler au sol pour se nettoyer. Il ne semblait pas remarquer les humains autour de lui, pas plus les domestiques que Kirat, son humain. Le garçon s'était penché pour murmurer quelques mots à son oreille, mais le lion continuait à se lécher la patte.

Faisel aperçut son fils agenouillé à côté de la bête.

– Kirat ! s'exclama-t-il.

Ce dernier bondit aussitôt.

– Es-tu obligé d'exposer ton incompétence devant tout le monde ?

– Mais je pensais... je me disais...

– Épargne-moi tes excuses. Je ne veux voir que les résultats.

Faisel rejoignit les autres hommes, qui s'étaient regroupés dans un coin de la salle à manger.

– Quand mon fils apprendra-t-il à rappeler son animal à sa forme passive ? interrogea-t-il, sa voix couvrant toutes les autres. Je vous paye bien trop cher pour ses échecs répétés !

Abéké était désolée pour Kirat en écoutant les hommes expliquer ce qu'elle savait déjà : une confiance suffisante devait s'établir entre l'animal et son humain. Pour Uraza, il avait fallu une semaine, et plus longtemps même pour Rollan et son indépendante Essix. Impossible de présager quand Cabaro accepterait... peut-être jamais. Mais il suffisait d'observer Faisel quelques minutes pour comprendre qu'il ne tolérait que le succès immédiat.

Kirat se glissa dans son grand fauteuil.

– Je suis prêt à commencer, lança-t-il plus fermement qu'avant.

Ahmar avança vers la table et déroula une serviette en lin qu'il posa sur les genoux du jeune garçon. Il frappa ensuite dans ses mains. Les deux premiers serviteurs avancèrent. Le premier plaça un verre de jus sur la table, le deuxième une assiette de fruits.

Kirat croqua dans une pomme et prit une gorgée du jus.

– Suivant, ordonna-t-il.

Abéké fronça les sourcils en voyant Ahmar débarrasser. *Il a déjà terminé ?*

Cela se reproduisit à chaque plat. Des œufs, du saumon fumé, du pain, quelle que soit la nourriture servie, Kirat n'en mangeait que quelques bouchées. Comment osait-il gaspiller ainsi, quand toute la ville mourait de faim au-delà de ces murs ?

– Serviettes ! commanda-t-il.

Ahmar dut se racler la gorge pour qu'Abéké comprenne que c'était son tour. Elle traversa rapidement la pièce et posa la bassine devant Kirat. Comme Otto, le marchand, et les autres personnes importantes qu'elle avait rencontrées, Kirat ne croisa pas son regard.

Soudain, un des domestiques poussa un hurlement.

Kirat se leva d'un bond.

– Cabaro ! Couché !

Le lion semblait presque amusé de l'injonction du garçon. Un grognement sourd s'échappa de sa gorge. Il marchait vers Abéké, sa queue frottant le sol. Peut-être que Kirat avait refusé de la regarder dans les yeux, mais pas Cabaro. Il la dévisageait avec une intensité déconcertante. Comme s'il la reconnaissait mais sans savoir où il l'avait déjà vue.

Abéké posa une main sur sa manche, sans bouger. Elle ne voulait pas appeler Uraza, mais, si Cabaro l'attaquait, elle n'aurait pas le choix.

– Ahmar, sonne les gardes ! ordonna Kirat.

– Hors de question ! riposta Faisel, en traversant la pièce. Personne ne touchera à un seul poil de cette magnifique créature !

Cabaro avança d'un pas encore vers Abéké en humant l'air. Ses yeux lançaient des éclairs. Il avait enfin compris qui elle était et quelle Bête Suprême elle pouvait invoquer. Abéké avait entendu les histoires de la rivalité entre Uraza et Cabaro. Tous les deux étaient natifs du Nilo, tous les deux se targuaient d'être le meilleur chasseur du pays.

Cabaro ne détournait pas la tête. Il montrait les crocs, mais sans rugir ni faire un pas de plus.

Elle avait l'impression qu'il observait tour à tour son visage et son bras. Il finit par lâcher un petit grognement en revenant à sa place sans jamais quitter Abéké du regard. Il se recoucha et reprit sa toilette.

Abéké baissa doucement le bras. Cabaro avait-il peur d'affronter Uraza ? Ou était-il juste trop las à cet instant ?

Faisel frappa dans ses mains et rit, libérant un peu de la tension qui avait envahi la pièce.

– Apparemment, Cabaro a enfin trouvé adversaire à sa taille, dit-il en s'adressant clairement à son fils. Toute cette semaine, ce sera elle ta servante principale. Et, si tu as de la chance, elle t'apprendra également comment contrôler ton lion.

Amis fidèles

Rollan lança à Essix un morceau de la miche de pain que Sayyidah Iolya leur avait donnée. Le faucon le contempla un moment, avant de le pousser avec son bec.

– Crois-moi, assura-t-il en mordant dans la croûte, il est vraiment bon.

Essix finit par l'enfourner en penchant la tête en arrière pour tout avaler.

Rollan s'étonnait que la Bête Suprême soit restée si longtemps avec lui dans la petite chambre. Elle détestait les lieux confinés. Mais il appréciait énormément sa présence, qui l'empêchait de penser à autre chose. À ses camarades, Abéké, Dante, Conor. Meilin.

Il appuya sur la miche de pain dur, bien en sécurité dans une des forteresses les plus imprenables qu'il eût jamais vues, tandis que Meilin était coincée sous la terre avec Takoda et Conor... et Kovo, certainement la plus redoutable et menaçante des Bêtes Suprêmes. La jeune fille aurait adoré Zourtzi, dont l'architecture était un mélange des styles niloais et zhongais. Elle se serait peut-être retrouvée un peu chez elle.

Et Conor? Même avec les dons de guérisseuse de Jhi, combien de temps pourrait-il tenir avant que le parasite s'empare entièrement de son corps et de son esprit? Rollan avait vu par lui-même ce dont cette vermine était capable. Il n'oublierait jamais le regard vide d'Arac quand il l'avait combattu sur l'*Orgueil de Tellun II*. Il n'oublierait pas plus comment son corps s'était tortillé comme s'il sombrait dans les eaux noires. Il ne le connaissait que depuis quelques jours, mais ces images le hantaient toujours. Qu'éprouverait Meilin si Conor s'en prenait à elle ?

Essix battit des ailes pour attirer l'attention de Rollan.

– D'accord, mais après tu repars, lui dit le garçon en lui envoyant un autre bout de pain, avant de se tourner vers Tasha. Pourquoi tu ne cherches pas quelques rats à te mettre sous la dent ?

– C'est pas drôle ! grommela Tasha de l'autre côté de la chambre.

Comme Rollan, elle nourrissait son animal totem. Elle jeta à Ninani un morceau de pain, mais elle rata largement sa cible.

– Je pensais que Ninani devait te rendre plus habile...

– C'est déjà mieux qu'avant, répliqua la jeune fille en soupirant.

– Elle était comment, ta vie, avant qu'on arrive ? lui demanda Rollan. Je suppose qu'on ne te servait pas très souvent des plats de rongeur, dans ton beau château.

Tasha rit de bon cœur.

– J'étais une étrangère dans ce château. Je ne vivais là que depuis quelques jours quand Abéké et toi êtes arrivés. Et je n'avais même pas le droit de me promener seule dans les couloirs. J'avais toujours quelqu'un sur mon dos, qui prenait des notes sur tout ce que Ninani et moi faisions.

Ninani avança vers Tasha pour qu'elle la caresse.

– Avant la guerre, ma famille habitait dans un petit village plus reculé dans les terres, au pied des montagnes. Mon père était le maréchal-ferrant de la région. C'est un peu comme un forgeron mais seulement pour les chevaux, précisa la jeune fille en voyant Rollan froncer les sourcils. Le terrain à Stetriol est très rocailleux. Quand il faut transporter des charges ou labourer la terre, un cheval sans les sabots appropriés est aussi utile qu'un cochon bedonnant.

– Moi je choisis le cochon, et de loin, murmura Rollan. Qu'est-ce qui est arrivé quand la guerre a éclaté ? Ton père est devenu un des Conquérants ?

– On le lui a demandé, mais il a refusé. Il a vu ce que ce breuvage faisait aux animaux...

— La Bile, affirma Rollan, sentant le mépris dans sa propre voix.

— Oui, la Bile. Quelques-uns des chevaux dont il s'occupait en avaient reçu. Certains se rebiffaient immédiatement, perdant tout leur calme et leur sérénité pour devenir nerveux et sinistres. Je trouvais cela déjà assez affreux, jusqu'à ce que je voie un animal qui n'avait pas réussi à faire la transition. Les chevaux se mettaient à trembler furieusement pour ensuite s'écrouler et...

Elle eut du mal à continuer.

— Donc, mon père a refusé de boire la Bile et de rejoindre l'armée du Roi Reptile. Ils l'ont alors utilisé comme forgeron, mais pas pour les animaux. Il faisait les armes. Des épées, des haches, tout ce dont l'armée avait besoin.

Elle donna à Ninani le dernier bout de pain.

— Il détestait cela, mais il pouvait ainsi subvenir à nos besoins. La nourriture était maigre, mais nous n'avons jamais eu faim.

Tasha posa ses yeux bleus sur Rollan.

— Et toi? Avant la guerre, c'était comment?

— Moins de combats, plus de rats, répondit-il en se levant. Parfois je me dis que je préférais les rats.

— Mais tu as choisi cette voie. Tu as choisi de devenir un Cape-Verte. Pourquoi ?

— Nous avons tous des devoirs. Même un gars des rues comme moi.

Rollan tendit le bras à Essix et partit vers la fenêtre.

— Rends-moi service, s'il te plaît, va rendre visite à Dante. Et dis-moi si tu reçois un message de Lenori ou d'Olvan.

L'oiseau sembla faire un signe de la tête pour répondre, avant de décoller.

Rollan hésita à adopter la vision de son faucon, mais s'en abstint. Il ne voulait pas se sentir de nouveau mal, juste avant qu'on le convoque dans les cuisines. Pourtant, il aurait bien aimé avoir une meilleure vue d'ensemble de Zourtzi. Si la forteresse était tellement inaccessible, ils n'avaient peut-être rien à craindre de Zerif. Peut-être qu'il valait mieux que Cabaro reste à l'intérieur des murs. Et peut-être même qu'il serait avisé d'y cacher les autres Bêtes Suprêmes. Tasha voulait devenir une Cape-Verte, mais elle avait besoin de temps avant de s'engager. Elle avait besoin d'un lieu sûr. Pourquoi pas ici ?

Il se tourna vers la jeune fille, qui s'était levée du sol. Les rayons du soleil qui passaient par la fenêtre illuminaient ses cheveux tressés, leur donnant une teinte bien plus claire.

— À quoi tu penses ? demanda-t-elle.

— Je me demande si je devrai servir les chiens de la forteresse ou Faisel en personne. Non pas que j'aie une préférence sur la question.

Tasha s'approcha de lui. Elle se hissa sur ses orteils pour regarder par la fenêtre.

— Abéké m'a dit que tu étais doué pour distraire les gens. Elle avait raison.

Il se frotta la nuque.

— J'ai besoin d'un moment pour me sentir à l'aise. Chez moi, on ne pouvait se fier à personne, même pas aux orphelins. Ils s'intéressaient à toi dans le seul but de te faire les poches. Ou pour t'enrôler dans leur bande. Ou, pire encore, dans les orphelinats.

— Mais tu as fini par faire confiance aux Capes-Vertes. Grâce à l'homme dont tu m'as parlé ? Travis ?

— Tarik, corrigea Rollan.

Il suffisait qu'il prononce son nom pour avoir la gorge qui se serrait.

– Oui, c'était un excellent mentor, et je me serais fié à lui dans tous les domaines les yeux fermés. Mais il n'est pas la seule raison pour laquelle j'ai décidé de devenir un Cape-Verte. Abéké, Conor et Meilin y sont pour beaucoup.

Il fronça les sourcils en voyant le grand sourire qui se dessinait sur les lèvres de la jeune fille.

– Quoi ?

– Rien. Ton visage s'est éclairé quand tu as dit « Meilin ». C'est tout. Tu tiens beaucoup à elle.

– Tu comprendras bientôt pourquoi. Et je suis sûr que tu vas bien t'entendre avec Conor. Il te ressemble beaucoup, il est très maladroit. Et c'est l'une des personnes les plus gentilles et les plus dévouées que je connaisse.

– De nouveau, lança Tasha, ton visage a changé, mais en s'assombrissant cette fois, et ta voix aussi, quand tu as parlé de Conor. Il ne va pas bien.

Rollan tourna la tête vers Ninani.

– C'est toi qui lui fais ça ? Tu lui aiguises les sens ? Ou est-ce qu'elle a toujours été aussi sensible ?

Ninani agita les ailes. Il pensait même avoir vu le cygne lui adresser un clin d'œil.

– Allez, on arrête de parler.

Il sortit un poignard de son sac et, comme Abéké, le glissa dans sa botte.

– Au travail.

LaReimaja

Vu les quantités de plats qui s'amassaient sur les plans de travail de la cuisine, il était clair que Sealy et son équipe ne chômaient pas depuis le matin.

Et pourtant pas une seule tache ne maculait sa veste blanche en lin.

Il inspecta chacun des enfants alignés contre le mur avec une moue sévère.

– Que ce soit bien clair : vous êtes tous les plus abjects des vauriens. La seule raison de votre présence dans cette forteresse, c'est qu'il me faut quinze domestiques de plus que mes quarante habituels.

Il s'arrêta devant un petit garçon. Selon Tasha, celui-ci ne devait pas avoir plus de huit ans. Il aurait dû être en train de jouer avec ses amis et pas à se faire crier dessus par une brute surdimensionnée.

– La plupart d'entre vous vont devoir laver les sols et les écuries. Certains vont polir les escaliers en ivoire. Mais deux recevront l'immense honneur de servir Lady LaReimaja, expliqua-t-il en se remettant en marche. Qui en sera gratifié ?

Aucun des enfants ne fit un pas en avant, ce qui en disait beaucoup sur la réputation de la famille. Ils préféraient encore la serpillière et le crottin de cheval. Tasha jeta un regard à Rollan, mais il avait les yeux rivés sur le sol.

Quelqu'un toussa à la gauche de Tasha. Elle se figea. C'était le petit garçon que Sealy avait examiné de plus près. Il essaya de reprendre sa position, mais trop tard.

— Ah, petit avorton. Tu penses être en mesure de veiller sur Son Altesse ?

Le garçon baissa la tête, pétrifié.

— Qu'est-ce qui ne va pas, mon garçon ? Tu ne sais pas parler ?

Il se pencha sur l'enfant, qui tremblait de tout son corps.

— Essaie de ne pas répondre à lord Faisel quand il s'adresse à toi, et il te rendra muet pour toujours.

— Oui, monsieur, lâcha avec peine le petit.

— As-tu seulement assez de force pour porter un plateau ? demanda Sealy en tapotant l'épaule du garçonnet, ce qui le fit perdre l'équilibre et reculer. Si tu éclabousses, ne serait-ce que d'une seule goutte...

— Je suis volontaire ! intervint Tasha.

Elle sortit de la rangée, espérant ne pas trébucher malencontreusement.

— Je serais fière de pouvoir servir Son Altesse.

— Tu penses être de taille, blondinette ? demanda Sealy.

Tasha s'arma de courage pour ne pas se désister.

— Je n'ai aucun doute là-dessus, monsieur.

– Tu as du cran, commenta Sealy. Mais lord Faisel n'a aucun remords à en priver un enfant trop arrogant.

Tasha ne réagit pas à l'horrible menace. Elle n'était plus une petite paysanne de Stetriol. Elle était une Cape-Verte. Une aspirante Cape-Verte, du moins. En tout cas, elle ne pouvait pas laisser ce petit bonhomme se faire harceler sans réagir.

– Donc, ce sera toi et l'avorton.

– Je suis volontaire, moi aussi.

Tasha laissa échapper un soupir. *Rollan.*

Sealy se dirigea vers le jeune garçon.

– Je n'ai pas besoin de trois volontaires.

– Je veux bien prendre sa place, affirma Rollan en désignant le petit d'un signe de la tête.

Sealy donna une violente tape dans la poitrine de Rollan, qui avait dû anticiper le coup, parce que ses pieds ne bougèrent pas et il resta droit comme un piquet.

– Toi au moins, tu as l'air assez robuste pour porter un plateau.

Sealy lui indiqua deux grosses assiettes remplies de nourriture et leur montra la porte.

— Et ne faites rien tomber, ajouta-t-il au moment où Tasha et Rollan quittaient la cuisine.

La jeune fille suivit Rollan sans dire un mot. Il marchait trop vite pour qu'elle puisse voir son visage. Lui en voulait-il?

Elle finit par prendre la parole :

— Je sais que tu es fâché contre moi. Je suis désolée. Je ne... je n'aime pas les brutes.

Rollan se figea. Ses yeux ne trahissaient aucune émotion.

— Oui, ce que tu as fait était un peu dingue, confirma-t-il. Mais c'était la bonne chose à faire.

— Alors tu n'es pas en colère? Je croyais que tu l'étais, parce que tu ne disais rien...

Il secoua la tête.

— Non, je pensais à Meilin. Elle n'aime pas ce genre de comportement non plus. Rappelle-moi de te raconter comment elle a plongé dans des eaux infestées de requins pour sauver des baleines.

De nouveau, cette tristesse. Même sans Ninani pour aiguiser ses sens, ce qu'elle lisait sur son visage était évident.

— Je suis sûre qu'elle va bien, affirma Tasha. À ce que j'ai entendu, c'est la plus grande guerrière de tous les Capes-Vertes.

— Si par «grande» tu veux dire «têtue», alors, en effet, tu as raison.

Ils se remirent en marche, leurs plats dans les mains.

— Et en plus cet endroit a l'air gigantesque, renchérit Rollan. Ça doit être un cauchemar d'y passer la serpillière.

Ils longèrent un large couloir avant d'arriver devant une vaste salle à manger. De grandes tapisseries multicolores pendaient du plafond jusqu'au sol sur chaque mur. Tasha avait connu plusieurs tisserands à Stetriol, et elle savait que la réalisation d'œuvres aussi magnifiques prenait des mois.

Tasha fit quelques pas dans la pièce.

— Bonjour? appela-t-elle.

— Entrez, je vous en prie, répondit une femme.

Tasha ne l'avait pas vue avant qu'elle parle. Elle portait une robe fleurie vaporeuse, qui la camouflait dans le décor en satin. Elle s'écarta de la fenêtre.

— Je suis LaReimaja. Vous devez être les nouveaux

domestiques que Faisel a recrutés. Posez ça sur la table.

Tasha avança d'un pas, mais trébucha. Elle essaya de rattraper l'assiette sur son plateau, ce qui n'eut pour conséquence que de la faire tomber plus lourdement sur le tapis.

Rollan accourut vers elle.

– Tasha, murmura-t-il.

– Tout va bien.

Le contenu de l'assiette s'était quasi entièrement déversé par terre : des dattes, des céréales et des tranches de pain. Heureusement le service ne s'était pas brisé. Tasha remarqua alors le beurrier renversé sur le sol. Elle rampa pour le récupérer. Le beurre mou s'était écrasé sur le tapis.

– Oh, non, se lamenta-t-elle en l'essuyant avec l'ourlet de sa robe.

– Ce n'est pas grave, ma chérie, la rassura LaReimaja en s'accroupissant à côté d'elle.

La dame se tourna vers Rollan.

– Tu trouveras des serviettes dans la pièce à côté.

Quand Rollan partit les chercher, Tasha osa regarder son interlocutrice. Lady LaReimaja était d'une grande beauté, avec des traits chaleureux et une peau sombre. Ses yeux amicaux avaient la couleur du café, une boisson que les Capes-Vertes avaient apportée avec eux à Stetriol et qui selon Tasha sentait la terre et le miel.

– Je suis vraiment désolée, s'excusa la jeune fille. Votre tapis...

– Ce n'est qu'un tapis, affirma LaReimaja en ramassant la nourriture éparpillée.

Elle posa alors les mains sur un dessin tissé de fleurs vertes et jaunes.

– À passer tant de temps enfermée dans cette pièce, je finis même par oublier son existence. Pourtant c'est un de mes préférés, je l'ai confectionné il y a très longtemps. Dans une autre vie...

Rollan revint avec quelques serviettes dans les mains. Il hésita avant de les tendre aux deux femmes, les yeux posés sur lady LaReimaja.

– Ça ira? demanda-t-il après un instant.

– Merci, c'est parfait.

La dame s'empara des serviettes et frotta l'endroit où le beurre s'était étalé.

— Essaye de retirer la confiture, toi, s'il te plaît, ordonna-t-elle à Rollan.

Le jeune garçon s'exécuta aussitôt, mais Tasha remarqua qu'il jetait régulièrement des coups d'œil vers lady LaReimaja. Un peu comme s'il cherchait quelque chose sur son visage.

Peut-être qu'elle lui rappelait sa mère. Tasha le ressentait aussi. Alors qu'ils nettoyaient tous les trois les dégâts qu'elle avait causés, elle se revit avec sa mère en train de laver la maison, pendant que son père passait de village en village pour s'occuper des chevaux de ses clients.

Elle espérait revoir ses parents un jour, et elle espérait qu'ils étaient en sécurité.

La dame avait essuyé tout le beurre et elle caressait son tapis, nostalgique.

— Il est vraiment très beau, commenta Tasha en touchant à son tour l'ouvrage. C'est aussi vous qui avez tissé les autres tapisseries ?

— Je savais déjà tisser avant de marcher, confirma-t-elle. Ma famille avait un magasin de tapis en ville, mes frères et sœurs les tissaient la nuit et on les vendait dans la journée. Mais, après avoir épousé Faisel, je n'avais plus à réaliser des tapis pour gagner de l'argent. Et je me suis beaucoup investie dans cet art. Malheureusement, combien peut-on créer d'ouvrages pareils avant de se lasser?

Tasha se remit à ramasser les céréales, quand un gros barbu entra dans la pièce.

– Que s'est-il passé? demanda-t-il.

LaReimaja se leva d'un bond. Tasha voulut l'imiter, mais la dame l'en dissuada d'un signe de la tête.

– Ce n'est rien, Faisel, assura-t-elle en lâchant la serviette qu'elle tenait dans la main.

– Est-ce que ces domestiques...

– C'était ma faute, dit-elle en se précipitant vers son mari. Je n'ai pas regardé où je marchais. J'ai percuté cette jeune fille et renversé son plateau.

Elle prit Faisel par le bras et le conduisit vers la table.

– Mais il reste largement de quoi manger sur l'autre plateau si tu as faim.

– J'ai plus important à penser, se rebiffa-t-il en se dégageant. Nos invités arrivent ce soir, et ton fils ne sait toujours pas contrôler son animal totem.

— Cabaro n'est pas comme les autres, protesta LaReimaja. Et je ne pense pas que ce soit ainsi que fonctionne leur lien. C'est une association...

— Je croirais entendre une Cape-Verte.

Il mordit dans une datte.

— J'ai doublé le nombre de gardes. Hors de question que Dante et son groupe de Capes-Vertes entrent dans mon château.

Tasha avait fini de nettoyer la nourriture tombée à côté d'elle mais n'osa pas bouger. À quelques pas, Rollan faisait semblant d'insister sur une tache.

— Je sais que tu n'apprécies pas les Capes-Vertes, mais ils pourraient aider Kirat, suggéra LaReimaja en offrant une autre datte à son mari. Ils ne peuvent pas être pires que tous les conseillers que tu as engagés.

— Oui, sur ce point tu n'as pas tort, ces *experts* sont tous nuls. J'en ai déjà renvoyé la plupart.

Il prit encore une datte. À ce rythme, il ne resterait rien à manger pour lady LaReimaja.

— Mais il s'est passé un événement intéressant pendant le petit déjeuner de Kirat. Une des domestiques a tenu tête à Cabaro. Et le lion a reculé.

– Qui ?

Faisel afficha un sourire qui glaça le sang de Tasha. Il lui rappelait les expressions du crocodile du Roi Reptile. Elle avait eu l'occasion de le voir une fois, de loin, pendant la guerre.

– Tu ne la connais pas, une des nouvelles servantes. Une fille avec des tresses, sûrement originaire de la savane.

Tasha et Rollan échangèrent un regard. *Abéké.*

– Faisel, tu avais promis de ne pas exposer les domestiques les plus jeunes à Cabaro, lâcha la dame dans un soupir. Rappelle-toi ce qui est arrivé à la petite crémière.

Faisel haussa les épaules.

– Ce n'est qu'une petite villageoise. Il vaut mieux que ce soit elle qui perde quelques doigts plutôt que mes serviteurs.

Il termina l'assiette de dattes et se dirigea vers la porte. Il se retourna avant de quitter la pièce.

– LaReimaja, veille à ce que ces domestiques ne laissent aucune trace sur ce tapis. Ce serait regrettable qu'ils perdent eux aussi quelques doigts.

À la dérive

Comme la veille et l'avant-veille, et peut-être même la veille encore, l'eau qui entourait leur petite embarcation stagnait, sombre et calme.

Conor ne trouvait pas le sommeil.

Il était épuisé. Ces longues journées et ces nuits interminables d'inaction lui engourdissaient les muscles, lui donnant presque l'impression qu'il ne savait plus s'en servir. Il savait que, s'il dormait, il échapperait, pour un moment au moins, à la sécheresse dans sa bouche et à la douleur dans son ventre.

Mais, chaque fois qu'il sombrait dans le sommeil, Conor sentait le Wyrm sonder son esprit. Il s'efforçait de le contrôler. Les murmures s'intensifiaient, et ses rêves, autrefois peuplés d'images des champs verdoyants de Trunswick, étaient désormais sinistres et agités. Quand il fermait les yeux, il revenait toujours dans son pays natal, mais l'herbe autrefois luxuriante n'était plus qu'une terre brûlée, les arbres et les clôtures étaient tachés de sang. Une bataille grondait dans la ville : les Nombreux contre ses amis, qui perdaient.

Briggan lui poussa la jambe pour le tirer de ses pensées noires. Conor caressa le museau de son loup. Il savait qu'il aurait dû le rappeler à sa forme passive. C'était le seul animal à bord, même Kovo avait accepté de redevenir le tatouage sur le torse de Takoda quand ils avaient perdu la rame. Conor avait trouvé de petites tranches de viande séchée au fond de ses poches, mais il ne lui en restait pratiquement plus. Bientôt ils n'auraient pour toutes provisions

que des algues. Briggan n'accepterait sans doute même pas de les manger.

Il voulut trouver dans leurs maigres réserves quelque chose pour le loup, n'importe quoi, mais pour cela il devrait tâtonner dans l'obscurité, ce qui réveillerait tout le monde.

Ils avaient allumé toutes leurs torches en bois, sauf une. Les deux sphères lumineuses que Takoda avait trouvées dans les grottes s'étaient déjà consumées, n'émettant plus qu'une faible lueur marron. Et l'orbe de la baudroie s'était assombri sitôt arraché au poisson.

Conor savait que Meilin se sentait responsable pour tout ce qui était arrivé durant l'attaque. Ils avaient perdu leur rame et se trouvaient à présent à la merci des eaux. Conor croyait cependant qu'ils finiraient par atteindre l'Arbre Éternel. Le courant les menait lentement vers le Wyrm. Il espérait juste qu'il tiendrait jusque-là.

Et ensuite ? se demanda-t-il. Comment allait-il vaincre le Wyrm ? C'est à peine s'ils avaient réussi à survivre aux assauts d'une baudroie.

Briggan poussa de nouveau sa jambe.

– Je suis désolé, je m'assoupissais de nouveau ?

Il observa le loup : ses oreilles pointaient toutes droites sur sa tête, et son pelage se tendait sur son cou.

– Qu'y a-t-il ?

Briggan lança un regard vers Conor avant de se concentrer sur ce qui semblait le préoccuper. Le jeune garçon tenta de se calmer et de repousser toutes les pensées qui assombrissaient son esprit. Il trouva Briggan dans les abysses et puisa dans sa force. Le monde devint encore plus silencieux pendant une seconde et soudain il entendit parler. Non... chanter.

Quelqu'un avançait sur l'eau.

– Réveillez-vous vite ! cria-t-il.

Il secoua Meilin, puis Takoda.

– Vous entendez ça ? Ce chant ? Il vient de là ! assura-t-il en pointant le doigt dans une direction.

Meilin s'efforça de sortir de son sommeil, ses cheveux noirs tombant en cascade sur ses yeux.

– Je n'entends rien.

– Moi non plus, renchérit Takoda.

– Au début, moi non plus, affirma Conor. Mais Briggan aiguise mes sens, expliqua-t-il en caressant le loup. Tu l'entends toi aussi, n'est-ce pas ?

La Bête Suprême hocha la tête et poussa un hurlement. Elle se leva maladroitement du fond du bateau, approcha du bord et indiqua la même direction que Conor.

Meilin s'attacha les cheveux en une queue de cheval.

– C'est peut-être juste le vent, suggéra-t-elle. Ou, pire, une autre créature qui veut nous tuer.

– Non, j'entends des mots.

Il se tut et adopta l'ouïe de Briggan.

– J'en suis certain. C'est un groupe de gens qui chantent.

Takoda se pinça les lèvres en examinant Conor. Il était clair qu'il se concentrait sur la marque noire qui progressait sur le cou du jeune garçon.

– Ce n'est ni le parasite ni le Wyrm, assura Conor. J'en suis sûr.

Mais l'était-il vraiment ? Pouvait-il encore se fier à ses sens ?

– En tout cas, même si ce sont des chants, on n'y peut pas grand-chose, se désola Takoda. On ne peut pas ramer dans leur direction.

Meilin grimaça et se croisa les bras. Takoda n'avait rien voulu insinuer par là, il ne lui reprochait rien, mais elle prit tout de même mal sa réflexion.

– On a une autre option, déclara Conor. On peut allumer la dernière torche.

Takoda se frotta la mâchoire.

– Je ne sais pas, Conor. Ce n'est pas que je ne te fasse pas confiance...

– Alors c'est quoi ? riposta Conor sur un ton sec.

– Et si tu te trompes ? On aura utilisé notre dernière source de lumière pour rien et on se retrouvera plongés dans le noir.

– On n'a pratiquement plus de provisions.

Et plus de temps non plus, se retint-il d'ajouter.

– Ces gens pourraient nous venir en aide.

– Ou ils pourraient être des ennemis, protesta Meilin.

Elle se leva pour s'approcher lentement des deux garçons.

– Ou alors nous allumons la torche et les chanteurs ne nous remarquent pas et nous restons exactement dans la même position, sauf que nous n'avons plus de lumière, ajouta-t-elle, en frottant le tatouage sur le dos de sa main. Jhi améliore mes compétences dans beaucoup de domaines, mais ni dans la vision ni dans l'ouïe. Et Kovo?

– Non, répondit Takoda en secouant la tête. En tout cas, je ne suis pas au courant. Mais j'ai encore beaucoup à découvrir sur notre lien.

Meilin regarda Conor dans les yeux.

– Tu es sûr de toi?

– C'est notre meilleure chance, insista Conor.

– Alors ça me suffit. Takoda?

Après une intense réflexion, il finit lui aussi par hocher la tête.

– Je ne suis pas d'accord, mais je m'en remets à votre sagesse.

Il ramassa la torche pour la tendre à Conor.

– Tu es le plus grand. Tu es celui qui a le plus de chances de nous faire repérer.

– On devrait l'attacher à mon bâton de combat, proposa Meilin.

Elle chercha dans le bateau de quoi fixer la torche au bâton.

– Comme ça, elle ira encore plus haut.

Quand ce fut fait, Conor l'alluma et la maintint bien au-dessus de sa tête.

– Je pourrais invoquer Kovo pour qu'il la tienne, suggéra Takoda. Mais j'ai peur qu'il la jette directement à l'eau. Il n'est pas... très fan de toi. Je doute qu'il te fasse confiance.

– Tu parles de moi ou de Conor ? s'enquit Meilin.

– Euh... de vous deux.

Conor ignora leur échange et se concentra sur la torche. Il essaya à quelques reprises de la secouer, mais, après avoir failli la faire tomber à l'eau, il décida qu'il valait mieux ne pas la bouger. Ses mains devenaient glissantes de transpiration, et ses épaules lui faisaient mal. Il ne savait pas combien de temps il pourrait encore tenir ainsi.

Soudain, Jhi apparut auprès de Conor.

– S'il te plaît, aide-le, Jhi, demanda Meilin. Conor a besoin de toute son énergie pour conserver la torche bien haute et droite.

Conor sentit immédiatement son rythme cardiaque diminuer. Ses bras brûlaient, mais beaucoup moins. Le panda s'était placé juste à côté de lui, effaçant tout ce qui l'entourait.

Le jeune garçon leva les yeux. La torche, dont la flamme jusque-là était vive, commençait à s'éteindre. Et il n'avait encore distingué aucune réaction. Les chants s'étaient arrêtés, mais Conor ignorait si cela était dû à la présence de Jhi pour l'aider à se concentrer.

Soudain, une lueur bleue vacilla au loin. Puis une autre et une troisième. Jhi se recula et le monde extérieur revint dans sa conscience.

– Je pense qu'ils nous voient, affirma Meilin en prenant le bâton des mains de Conor. Maintenant, on attend.

Le *Meleager*

Conor fut le premier à apercevoir la petite barque qui arrivait vers eux. Takoda et Meilin ne voyaient qu'une lueur bleutée qui flottait doucement dans le noir. Takoda craignait qu'il s'agisse d'une autre baudroie, mais cela n'avait peut-être plus aucune importance. Quoi que ce fût, cela avançait vers eux et plus personne n'y pouvait rien.

Takoda s'empara de sa cape pour l'enrouler autour de ses épaules. Il l'attacha bien haut pour qu'on ne repère pas son tatouage sur le cou.

– Ils ne vont plus tarder. Vous devriez rappeler vos animaux totems à leur forme passive.

Meilin se pencha pour regarder Jhi dans les yeux. Une seconde plus tard, le panda disparut.

– Conor, tu m'as entendu ? demanda Takoda.

Conor regarda tour à tour Briggan et Meilin.

– Ne me laissez pas m'endormir avant de l'avoir libéré.

– Conor, il ne va rien se passer..., tenta de le rassurer la jeune fille.

– Promettez-le-moi ! insista Conor, ses traits se déformant de colère.

Il frappa un sac d'algues au fond de l'embarcation. Takoda le rattrapa juste avant qu'il ne passe par-dessus bord.

Meilin leva les mains devant elle.

– Conor, calme-toi, lança-t-elle, sa voix à peine audible dans le brouhaha des vagues qui frappaient la coque. Tu fais tanguer le bateau. Regarde Briggan.

Les pattes du loup tremblaient sous lui, alors qu'il essayait de garder l'équilibre entre Conor et Meilin. Briggan lâcha un grognement, mais ne bougea pas pour empêcher son humain de s'approcher de la jeune fille.

Conor cligna des yeux et ils retrouvèrent leur bleu naturel.

– Je suis... désolé.

Il se cacha le visage dans les mains.

– Qu'est-ce qui m'arrive?

Meilin s'appuya sur l'épaule de son ami.

– Demande à Briggan de revenir à son état passif, s'il te plaît, le pria-t-elle. À moi, il ne fera pas confiance.

Conor hocha la tête et, quelques instants plus tard, la Bête Suprême disparut dans un éclair.

– Tu vois, Briggan croit en toi, et moi aussi, affirma Meilin. Tu peux combattre le mal qui te ronge.

Au lieu de répondre, Conor se retrancha dans le coin du bateau le plus éloigné de ses compagnons.

Takoda s'approcha de Meilin, qui emballait leurs réserves.

— Le bateau arrive. Ce sera bien s'ils nous offrent un vrai repas. Quelque chose de meilleur que les algues, peut-être même un plat chaud, ou sucré.

Takoda lança un nouveau regard vers Conor, qui contemplait la mer.

— Cela nous donnera également une occasion de nous reposer et de nous réapprovisionner. Il nous faut toutes nos forces pour affronter ce qui nous attend.

Meilin l'interrompit :

— Takoda, épargne-nous ce bavardage. Ni toi ni moi n'avons le temps et l'énergie pour tourner autour du pot. Si tu as quelque chose à dire, vas-y, sors-le.

Takoda rougit. Il n'avait pas l'habitude d'une telle franchise. Les moines, même s'ils étaient directs, trouvaient toujours un moyen d'adoucir leur mécontentement avec leur voix et le choix de leurs mots. Pas Meilin.

— L'état de Conor se dégrade, affirma-t-il, tout bas. Tu te souviens de ce que Xanthe a dit. Ils n'ont pu sauver aucun des Nombreux.

— Il est différent.

– Meilin...

– Veille à ce que Kovo reste dans le droit chemin, je m'occupe de Conor. Tu as fini ? trancha-t-elle. Le bateau est presque à notre hauteur.

Takoda se tint droit devant elle.

– Je t'assure que je ne veux pas te rendre la vie impossible. J'espère sincèrement que Conor s'en remettra. Mais il nous faut un plan dans le cas contraire.

Meilin plissa les yeux. Elle attrapa son bâton et le fit pirouetter dans sa main.

– Comme je te l'ai dit, je m'occupe de Conor. D'une façon ou d'une autre. C'est compris ?

Takoda hocha la tête et s'écarta. Cette confrontation était une autre illustration de la ressemblance de Meilin avec Kovo. Les deux étaient prêts à faire le nécessaire, même si cela devait leur coûter leur âme. Il n'aurait pu s'imaginer combattre un des moines de son monastère. Mais Kovo avait lutté contre les Bêtes Suprêmes parce qu'il croyait qu'elles avaient tort et lui raison. Et maintenant Meilin s'apprêtait à affronter son ami s'il le fallait. Takoda saurait-il jamais se montrer aussi courageux ?

Il termina d'emballer ses affaires, avant de rejoindre Meilin et Conor à tribord.

Voguant sur la mer jaune, la barque était désormais assez proche pour qu'il la voie. Des rames s'agitaient au même rythme, s'enfonçant dans l'eau et en sortant avec une parfaite synchronisation.

— Une chose est certaine, affirma Meilin. Ils ne sont pas infectés. Les Nombreux n'auraient jamais pu être aussi organisés.

La pierre lumineuse des inconnus s'éteignit quand leur petit bateau s'immobilisa. Takoda distinguait des silhouettes vaguement humaines, à la peau étrangement bleue. Une corne de brume retentit au loin.

— Identifiez-vous, appela une voix depuis la barque. De quelle ville venez-vous ?

Meilin se montra du doigt et Takoda acquiesça. Elle avança d'un pas.

— Nous sommes des voyageurs, nouveaux dans ces terres, cria-t-elle d'une voix bien plus puissante que sa corpulence ne le laissait présager. Nous dérivons sur la mer de Soufre, à la merci des courants.

Elle tourna la tête vers Conor.

– Nous vous serions reconnaissants de votre aide.

– Et que pouvez-vous nous offrir en retour ?

Meilin se couvrit la bouche.

– Génial, lâcha-t-elle. Des pirates.

Elle reprit la parole à l'adresse de l'autre bateau :

– Nous n'avons aucun bien précieux, mais, si vous nous permettez de voyager à travers ces eaux sur votre navire, nous trouverons le moyen de vous récompenser.

– En d'autres termes, vous n'avez rien pour négocier ni pour nous payer.

– C'est faux ! Nous avons une richesse considérable, protesta Meilin. Mais elle n'est pas... ici.

– Et où est-elle ? Au fond de la mer ?

Takoda crut entendre rire sur le bateau pirate.

– À moins que vous ne possédiez des branchies, cette fortune ne vous sert à rien.

Takoda se pencha vers Meilin.

– La vérité ? suggéra-t-il.

Meilin haussa les épaules et hocha la tête.

– Elle est... à la surface de la terre, cria-t-elle. Nous venons de l'Erdas.

Le silence s'installa pendant plusieurs minutes. Takoda n'était pas un guerrier, mais il se serait senti plus en sécurité avec une arme dans les mains.

Le bateau se remit à avancer et la lumière se ralluma. Il vit une jeune femme qui tenait une sphère. Takoda n'avait jamais vu de pirates avant cette rencontre, mais il avait entendu de nombreuses histoires à leur sujet. On les disait brutaux, négligés, couverts de saleté et de poussière, et surtout absolument pas dignes de confiance. Les pires récits décrivaient un capitaine aux dents pourries, avec une jambe de bois et un crochet à la place de la main.

Cette jeune pirate ne ressemblait en rien à cette image. Elle portait un manteau gris et un pantalon tout propres et même repassés. Ses cheveux pâles étaient couverts d'un bandana, avec une seule tresse sur l'épaule. Elle avait les manches retroussées jusqu'aux coudes. Un réseau de petites veines bleues serpentait sur ses bras pâles.

– Je suis Teutar, second du puissant *Meleager*.

Elle souleva sa lumière pour les examiner.

– Alors, voilà de quoi ont l'air les habitants de la surface.

Takoda ne réagit pas. Il n'était pas sûr qu'elle leur posait vraiment une question.

– Vous n'êtes que trois à bord ?

Ils hochèrent la tête.

– Prenez vos affaires et montez. Nous ne prenons pas de passagers d'ordinaire, mais notre capitaine est curieuse de nature. Vous pourrez lui renouveler votre demande de traversée.

Les pirates approchèrent leur bateau de celui des trois enfants. Meilin monta la première, suivie de Conor et Takoda. La barque était au complet, avec deux pirates pour un banc. Rien que des femmes.

Encore un détail qui ne collait pas avec les histoires qu'on lui racontait dans le monastère : les pirates étaient toujours des colosses barbus.

Takoda remarqua également qu'elles avaient les bras traversés de veines bleues. Certaines s'étendaient même jusqu'à leur cou.

– Ils te plaisent ? demanda Teutar en pliant le bras.

Ses veines se mirent à scintiller. Takoda comprit alors qu'il s'agissait d'un enchevêtrement de tatouages sophistiqués.

– Nous utilisons une encre spéciale pour qu'ils s'allument quand on en a besoin. Je parie que vous n'avez jamais vu de tatouages comme ceux-là, d'où vous venez.

Takoda s'efforça de rester impassible et de ne trahir aucune émotion.

– Oui, ils sont très impressionnants.

Il se demandait s'il aurait l'occasion de montrer le sien.

Petit à petit, le navire de pirates apparut devant leurs yeux ébahis. Il avait trouvé l'*Orgueil de Tellun II* immense, mais ce n'était rien comparé à ce vaisseau dont les trois mâts s'élevaient si haut qu'ils semblaient trouer l'obscurité au-dessus de leurs têtes. Des canons s'alignaient tout au long de la coque, assez grande pour abriter Takoda et Kovo sans qu'ils s'y sentent à l'étroit.

– Bienvenue à bord du *Meleager*, annonça Teutar.

L'équipage s'approcha du navire, d'où furent lancées quelques cordes que les pirates attachèrent à la barque pour se laisser hisser.

Takoda tenta d'ignorer tous les regards qui se

posèrent sur lui quand il monta à bord. Il resserra le col de sa cape autour de son cou et avança.

– Où est la capitaine? demanda Teutar, une fois la dernière pirate sortie de la barque. Elle va vouloir rencontrer ces trois-là sur-le-champ.

Lentement, le groupe se sépara et une grande femme élancée se dégagea de la foule. Comme les autres, elle avait les bras et les jambes recouverts de tatouages, mais les siens semblaient vivants, ils s'entortillaient et remuaient sans cesse.

– Je suis Atalanta, capitaine du *Meleager*.

Elle tira son sabre de son fourreau.

– Qui êtes-vous? interrogea-t-elle en haussant les épaules. Ou plutôt qu'êtes-vous?

– Ce sont des habitants de la surface, s'interposa Teutar, d'une voix bien plus douce.

– Impossible! rétorqua la capitaine.

Les tatouages sur sa peau s'entortillèrent plus vivement encore et étincelèrent furieusement.

– C'est la vérité, affirma Meilin, en esquissant une petite révérence.

Takoda et Conor l'imitèrent aussitôt.

— Nous venons de là-haut, continua Meilin. Nous explorions une grotte quand nous avons été enfermés sous terre par un éboulement.

Techniquement, elle ne ment pas, se dit Takoda.

— Et comment avez-vous découvert la mer de Soufre ? questionna la capitaine.

— Nous avions une guide, une jeune fille de Phos Astos. Mais après avoir traversé les champs arachnéens, nous avons été séparés. En son absence, nous avons décidé de prendre le large, mais nous avons perdu notre rame quand une baudroie nous a attaqués.

Atalanta hocha la tête.

— Heureusement que vous n'avez pas essayé de nager. Elles n'aiment pas *notre* chair, l'encre les tient à distance, mais je suis sûre qu'elles vous auraient trouvés à leur goût.

Les tatouages se calmèrent et reprirent leur teinte bleu pâle.

— Alors, c'est comment, à la surface ?

Elle tourna autour des trois enfants et tapota l'épaule de Takoda.

— Ils sont tous aussi petits que vous ?

– On existe dans toutes les tailles, les formes et les couleurs, répondit Takoda. Nous serions honorés de vous en dire plus... peut-être autour d'un bon repas ?

Atalanta éclata de rire.

– Des histoires contre de la nourriture ? Ça ne vaut pas de l'or ou du matériel, mais j'aime les récits.

Elle lui donna dans l'épaule un coup qui faillit le renverser.

– Venez, racontez-moi. Si je suis impressionnée, je ne vous jetterai pas par-dessus bord.

Malgré son sourire, Takoda ne savait pas si elle plaisantait ou si elle les menaçait bel et bien.

Alors qu'ils suivaient la capitaine et son second, Meilin attrapa Takoda par le bras.

– S'il te plaît, dis-moi que tu as quelque chose d'impressionnant à raconter. Plus passionnant que vos réunions sur des collines pour chanter en robes bleues.

– On ne fait pas que chanter, répliqua-t-il en souriant. Et on ne porte pas tous des robes bleues. Le jaune safran est tout aussi populaire.

Il attendit que Meilin rie de sa blague. Comme elle ne semblait même pas vaguement amusée, il reprit :

— Ne t'inquiète pas, je pense savoir avec quoi captiver nos nouvelles amies. Sauf si tu veux parler la première. Une anecdote du Zhong ou de la guerre ?

Une étincelle s'alluma dans les yeux de la jeune fille, comme si elle se rappelait un souvenir douloureux.

— Certains évènements ne méritent pas qu'on les célèbre.

— Mais c'est à travers les récits qu'on se remémore les gens qui nous ont précédés. C'est ainsi qu'on rend hommage à nos morts.

Elle haussa les épaules.

— Peut-être. Mais pas aujourd'hui.

Elle hésita avant d'ajouter :

— Demande-moi plus tard et je te raconterai l'histoire de mon père. C'était un grand général, un vaillant guerrier et un père formidable. Et toi, tu m'en diras peut-être plus au sujet de tes parents ?

— Marché conclu.

Elle s'éloigna rapidement de lui pour rejoindre Conor. Quand Takoda avait entendu parler des quatre Héros de l'Erdas, il avait appris la bravoure de Meilin au combat et comment, malgré son jeune âge, elle était devenue une des Capes-Vertes les plus renommées. Il avait passé tellement de temps à penser à ses parents, qu'il ne songeait même plus que d'autres – et même les Héros de l'Erdas – avaient également perdu des êtres chers pendant la guerre.

Le père de Meilin y avait perdu la vie. Et maintenant c'était le tour de Xanthe.

Takoda emboîta le pas à Atalanta, Teutar et un petit groupe de pirates dans une pièce sans fenêtre. Des sphères bleues pendaient au plafond, émettant une faible lueur. Takoda mit tout de même un certain temps à s'y habituer. Lorsqu'enfin il remarqua une table, il se dit que c'était sûrement leur salle à manger. Atalanta s'installa la première, le reste de l'équipage s'assit ensuite autour d'elle. Elle indiqua des chaises.

– Asseyez-vous, invita-t-elle. Vous avez de la chance. Notre chef vient de préparer une marmite de poisson séché et de champignons. Voyons comment

vous autres, créatures de la surface, faites honneur à un vrai plat de Sadre.

Elle s'adressa à Takoda.

– Ton histoire, j'attends.

Takoda resta debout, tandis que les autres prenaient place. C'était ainsi que les moines prenaient la parole, et il aurait été mal à l'aise s'il avait fait autrement. Après une courte réflexion, il décida de parler du fondateur de son monastère, un grand soldat qui, fatigué des combats incessants, avait vendu ses biens pour créer leur ordre. Takoda hésita à embellir certaines parties, comme celle de l'époque où leur fondateur avait été mercenaire, mais se ravisa rapidement. Il ne voulait pas mentir. Cela aurait représenté un manque de respect pour lui-même et pour le célèbre moine.

Atalanta, Teutar et les autres membres d'équipage se régalèrent des scènes de guerre et de bataille, comme Takoda s'y était attendu. Et, en écoutant le revirement et la rédemption du fondateur, elles écarquillèrent des yeux fascinés, à la grande surprise de Takoda. Ces pirates n'avaient décidément rien à voir avec les histoires qu'on lui avait racontées au monastère.

Des plateaux de nourriture se succédaient à table pendant qu'il parlait. Tout le monde, y compris ses amis, pouvait manger à sa guise. Takoda vit Meilin glisser des tranches de pain et de viande dans son sac, sûrement pour leurs animaux totems.

Quand il eut conclu, Takoda s'assit et se servit. Après plusieurs jours à ne consommer que des algues, ce poisson caoutchouteux et ces champignons gluants lui parurent aussi délicieux que le meilleur des desserts niloais. Il dévora son assiette et en demanda une deuxième.

Meilin se pencha vers lui.

– Mange vite, lui murmura-t-elle à l'oreille. Nous n'avons pas beaucoup de temps.

Elle fit un geste de la tête en direction de Conor. Il avait le front baigné de sueur. Il n'avait mangé que la moitié de ce qu'il s'était servi et fixait désormais le mur de ses yeux vides.

– Il a besoin de se reposer, affirma Takoda. Peut-être que Jhi...

– Elle ne peut plus grand-chose pour lui. Il faut qu'on arrête le Wyrm.

Takoda avala rapidement quelques morceaux de poisson, avant de ranger le reste dans ses poches.

– Merci, capitaine, lança-t-il. Le repas était excellent.

– Tout comme l'histoire.

Elle piqua un bout de poisson avec son couteau.

– Peut-être que maintenant vous m'expliquerez la vraie raison de votre présence sur la mer de Soufre, déclara-t-elle avant d'enfourner le poisson.

La pièce plongea dans un silence pesant. Toutes les têtes s'étaient tournées vers les trois enfants.

Meilin poussa lentement son assiette sur la table.

– Vous avez raison. Nous ne sommes pas ici par hasard. Nous sommes à la recherche de l'Arbre Éternel.

Des murmures s'élevèrent, mais Atalanta ordonna à son équipage de se taire.

– C'est bien ce que je me disais. Je vous félicite d'avoir survécu aux champs arachnéens et à la mer de Soufre. J'applaudis votre courage. Des combattants moins braves que vous auraient renoncé depuis longtemps.

– Nous y emmènerez-vous ? demanda Takoda.

— Mes amis, vous n'y gagnerez rien, répondit la capitaine en secouant la tête. Seulement la mort.

— Vous avez sûrement dû croiser des Nombreux, intervint Meilin. L'Arbre Éternel est malade et le Wyrm se développe et devient plus fort à chaque instant. Si nous ne trouvons pas un moyen de le vaincre, nos deux mondes seront détruits.

Elle examina chaque pirate à tour de rôle.

— Phos Astos est tombée. Il se peut que vous soyez les dernières de votre peuple.

Atalanta s'adossa contre sa chaise.

— Quelle preuve avez-vous de cela ?

— Nous y étions, déclara Takoda. Ils ont lutté vaillamment, mais ils ne faisaient pas le poids. En moins d'une heure, la ville était complètement envahie de Nombreux.

La capitaine lâcha un profond soupir.

— Et vous dites que tout cela est lié à l'Arbre Éternel ?

Teutar se pencha vers Atalanta et frappa son poing contre la table.

— Tu ne peux pas penser les y emmener...

– C'est moi la capitaine de ce navire, si je me rappelle bien. Ni toi ni aucune autre! s'exclama Atalanta en se levant. Venez, assez parlé de cela. Vous feriez bien de vous reposer, nous reprendrons cette conversation demain.

Meilin et Takoda quittèrent la table rapidement, tandis que Conor faisait des efforts pour s'en dégager.

– Qu'est-ce qu'il a, celui-là? demanda une des pirates en s'approchant du jeune garçon.

Elle but une gorgée de son verre et s'essuya la bouche du dos de sa main.

– Il a mangé trop de poisson?

Takoda s'élança à la rescousse de son ami, mais la pirate était déjà à sa hauteur. Elle le prit par le bras et l'aida à se redresser. Elle posa ensuite sa tasse et s'éloigna de lui, précipitamment.

– Il est infecté!

Takoda s'interposa entre Conor et la pirate. Meilin le rejoignit aussitôt.

– Il va bien.

– Vous avez amené un des infectés sur mon bateau? hurla Atalanta.

Ses tatouages s'affolèrent sur sa peau, projetant une puissante lumière bleue dans toute la pièce.

– Vous devez l'abattre ! Maintenant !

– Sûrement pas, protesta Meilin, agrippant son bâton des deux mains.

– Mon amie, ce n'était pas une question, déclara Atalanta.

Dans un éclair, un énorme crapaud apparut à ses côtés. Largement aussi grand que Jhi, il sortit sa langue comme un lasso pour attraper le bâton de Meilin et l'en dépouiller.

– Tu n'es pas la seule à avoir un animal totem, cria Takoda en retirant sa cape.

Aussitôt, Kovo se matérialisa. Il poussa un puissant grognement qui fit reculer toutes les pirates. Le gorille souleva deux chaises et les balança sur les membres d'équipage les plus proches. Une pirate parvint à se baisser à temps, mais l'autre fut assommée sur le coup.

– Allez chercher du renfort ! ordonna Teutar à ses pirates.

Elle tira son épée de son fourreau et avança.

– Nous ne pourrons pas les affronter toutes, se désola Takoda.

Kovo rugit de nouveau. Il s'empara de la grosse table en bois et la projeta sur les pirates, en neutralisant deux. La plupart des autres s'étaient sagement retranchées dans un coin pour rester hors de portée du gorille.

Malheureusement pas toutes. Teutar avait paré l'attaque et s'élançait désormais sur le groupe. Meilin prit une chaise pour la bloquer, mais Teutar continuait à avancer en donnant de grands coups d'épée dans le bois. Meilin ne tenait plus que le pied du meuble quand Takoda sentit un souffle d'air chaud. Briggan bondit dans les airs pour atterrir sur Teutar et enfoncer les crocs dans son bras. Teutar baissa son épée en hurlant, ce qui offrit à Meilin une ouverture pour riposter. Par des assauts répétés et rapides, elle repoussa la pirate vers ses compagnes.

Kovo marcha sur elles, se servant de la table comme d'un bouclier.

Takoda indiqua la porte derrière elles. C'était la seule issue. Avec les pirates entre eux et la sortie, ils n'avaient aucun moyen de se sauver... mais peut-être qu'ils pouvaient pousser leurs adversaires dehors.

– La porte ! hurla le jeune garçon. On les fait sortir !

Kovo fit un pas vers l'équipage avec un sourire triomphal, ravi de ce plan. Une fois la dernière pirate dehors, il plaça la table devant la porte en guise de barricade. Les corsaires hurlaient de l'autre côté, mais ne pouvaient revenir dans la pièce. Pour l'instant.

Takoda jeta un coup d'œil à Conor tout en ligotant une des pirates inconscientes avec une corde.

– Je n'étais pas sûr de pouvoir invoquer Briggan. Le lien est si faible et je me sens dans un épais brouillard. Tout est flou autour de moi...

Il s'interrompit pour éponger la sueur sur son front.

– Je ne peux pas le rappeler à sa forme passive.

– On a de plus gros problèmes pour le moment, affirma Meilin. Nous sommes coincés dans la salle à manger d'un navire, avec une armée de pirates entre nous et le bateau le plus proche.

Elle ramassa son bâton.

– J'espère qu'Atalanta est la seule à posséder un animal totem.

Une explosion retentit du côté de la porte. Celle-ci fut propulsée en arrière et Kovo la remit rapidement en place. Le crapaud d'Atalanta coassait bruyamment, mais la porte ne bougea plus.

– J'espère que ce crapaud va bien, dit Takoda en grimaçant.

– Parle pour toi, répliqua Meilin.

Elle inspecta la pièce d'un regard.

– Au moins, l'équipage a laissé une partie de ses armes avant de sortir.

Elle posa son bâton sur la table et s'empara d'une épée. Elle essaya de la tendre à Takoda, mais il secoua la tête.

– Je n'en ai jamais utilisé.

– Il y a une première fois à tout, insista Meilin.

Jhi apparut alors dans un éclair. Elle regarda autour d'elle avant de trouver Conor et s'approcha de lui pour lui lécher le visage.

– Jhi n'a pas renoncé, lança-t-elle à Takoda.

Elle lui colla l'épée dans la main et cette fois il la prit.

– Aussi longtemps qu'il se battra, nous aussi.

Affronter Kirat

Il faisait encore nuit quand Abéké se réveilla. Par plusieurs profondes inspirations, elle tenta de maîtriser les battements de son cœur, que son rêve avait déchaîné. Elle se trouvait à Okaihee avec son père et sa sœur. En compagnie de celle-ci, elle revenait de la rivière, où elle avait puisé de l'eau, quand Rumfuss le sanglier se rua sur la hutte et la détruisit. Abéké libéra Uraza. Les Bêtes Suprêmes se tournaient autour, ce qui lui donna le temps de prendre son arc et ses flèches. Et soudain Dinesh apparut, suivi de Suka et Tellun. Son père envoya une lance dans le flanc de l'éléphant, ce qui n'eut pour effet que de rendre l'animal plus furieux encore. Dinesh les chargea, mais ils parvinrent à éviter ses défenses en ivoire. Ils fuirent, Abéké ouvrant la voie.

Elle s'arrêta une fois qu'ils eurent atteint la lisière de leur village. Et à cet instant, elle remarqua les tourbillons noirs dans le cou de sa sœur et de son père. Elle arma son arc et les somma de ne pas approcher. Ils l'attaquèrent tout de même, leurs regards vides.

Elle se réveilla alors. Heureusement.

Abéké sortit de son lit et posa ses pieds nus sur le carrelage froid. Après quelques secondes de concentration, elle invoqua Uraza. Malgré la présence de la panthère à quelques centimètres d'elle, elle sentait à peine leur lien. Elle lui caressa le dos et s'apaisa aussitôt. Ils trouveraient une solution. Tous ensemble.

Après quelques secondes, la panthère s'affala sur le sol.

– Je suis désolée, ma belle, lui lança Abéké. Tu sais qu'il ne faut pas qu'on me voie avec toi.

Il n'existe qu'une seule Uraza et elle n'est pas liée à une domestique.

Elle sortit quelques tranches de bacon de son sac et en tendit trois à la panthère. Cela n'avait pas été difficile de les chiper sur un plateau que Kirat avait à peine touché. Elle avait vu gaspiller assez de nourriture pour permettre à son village de tenir pendant toute une saison. Et ce n'était pas que des plats les moins alléchants qu'il n'avait pas voulus. Il n'avait rien mangé de ses desserts ! De la crème, des gâteaux, des biscuits au miel. Même si elle était la plus riche de tout l'univers, jamais elle ne gâcherait une tarte au citron.

Abéké offrit un autre morceau de viande à Uraza, mais, au lieu de le lâcher, elle s'en servit pour jouer avec la panthère. Uraza s'en amusa un moment en poussant de petits grognements, mais finit par lâcher le bacon, envoyant Abéké rouler jusqu'au pied du lit de Rollan.

– Hé, il y en a qui essayent de dormir, ici ! râla le jeune garçon, les paupières toujours closes. Fais attention où tu mets les pieds, Tasha.

Abéké frotta la partie humide de la viande sur l'oreille de Rollan. Ses yeux s'ouvrirent instantanément.

– Tout n'est pas toujours de la faute de Tasha.

– Exactement, renchérit cette dernière.

Elle essaya de sortir de son lit mais se prit les jambes dans sa couverture.

– Tu disais quoi? demanda Rollan en levant les yeux au ciel.

– Bon, puisque tu es réveillé, tu ferais mieux de bouger, dit Abéké en souriant. Il fera bientôt jour, tu vas rater le petit déjeuner.

– On peut peut-être s'en passer, suggéra Tasha en se tressant les cheveux. LaReimaja est si gentille, elle nous laissera sûrement finir ses restes.

– Tu rêves, répliqua Rollan. Tu imagines dans quel pétrin on se fourrerait si Faisel débarquait juste au moment où on serait en train de dévorer un petit pain?

– Ça vaut la peine d'essayer, si Sealy nous concocte la même bouillie qu'hier soir, affirma Tasha avant de fredonner.

Rollan s'assit au bord de son lit avec un air perplexe.

– Qu'est-ce que tu chantes ?

Tasha finit de se coiffer.

– Une mélodie que j'ai entendu LaReimaja chanter hier pendant son déjeuner, quand elle prenait du courage pour goûter la soupe d'yeux de singe de Sealy.

Elle haussa les épaules en se tournant vers Abéké.

– Apparemment, c'est un mets de choix dans les montagnes Kaisung.

– Si je peux, je piocherai dans les plateaux de Kirat, promit Abéké.

– Non, merci, s'indigna Rollan. Je ne veux pas des rebuts d'un gosse gâté-pourri.

– Euh, moi je veux bien des prunes, affirma Tasha.

– Des prunes, d'accord, acquiesça Abéké en gratouillant le ventre d'Uraza.

La panthère s'étira, écartant les griffes, et ronronna doucement.

– Avec un peu de chance, je trouverai une occasion de parler à Kirat sans ses conseillers ou son père dans les parages.

– Tu as un plan pour t'entretenir seule avec lui? demanda Rollan.

Abéké secoua la tête.

– À part la force... pas vraiment. Vous pensez que vous pourriez convaincre la femme de Faisel de m'organiser une rencontre? Si elle est aussi compréhensive que vous avez l'air de le penser, toi et Tasha, elle pourrait prendre notre parti.

Rollan se frotta la mâchoire.

– Peut-être. Faisel nourrit une profonde haine à l'égard des Capes-Vertes, mais LaReimaja n'a pas l'air de son avis. J'ai même l'impression qu'elle comprend comment fonctionne le lien entre nous et nos animaux totems.

– Tu penses qu'elle en a un? demanda Abéké.

Rollan et Tasha avaient l'air d'en douter. Abéké se leva.

– Bon, je dois y aller. Faisel veut qu'on serve son petit déjeuner à son fils tôt ce matin. Il emmène

Kirat chasser la gazelle avec certains de ses invités. Cabaro va peut-être enfin agir comme un lion. Jusqu'à présent, il attendait juste que je lui serve ses repas, vautré par terre.

– Ça ne m'étonne pas de lui. Sa paresse est légendaire, affirma Rollan. Connaissant Cabaro, il t'a choisie simplement parce qu'il aime l'idée qu'Uraza et toi soyez à son service.

Uraza poussa un grognement d'approbation.

– Oh non, Uraza, tu ne vas pas t'y mettre, toi aussi ! s'indigna Abéké. Je ne sais même pas si Cabaro se souvient encore de moi. Je ne l'ai vu qu'une seule fois, à côté de l'Arbre Éternel.

Une grimace déforma les traits de Rollan.

– Tu as bien de la chance.

Abéké jeta à Uraza la dernière tranche de bacon. Elle n'aimait pas voir son ami autant en colère. Il était nerveux parce qu'il se faisait du souci pour Meilin, mais pas seulement.

Elle s'agenouilla devant lui.

– Je n'étais pas avec toi quand Tarik et Lumeo sont tombés. Je sais combien...

Rollan agita la tête, furieux.

– Je ne veux pas en parler.

Elle lui tapota la main.

– Je comprends, mais, si tu changes d'avis, tu sais que je suis prête à t'écouter n'importe quand.

Il fixa longtemps le sol de son regard noir et ne dit rien. Il finit par hocher la tête, grommela quelques mots et partit vers la fenêtre.

Tasha se racla la gorge.

– Donc? Le petit déjeuner? On fait quoi?

– Il existe une autre option, lâcha Rollan. Nous devrions en parler avant de nous séparer. Peut-être que nous ferions mieux de ne pas emmener Kirat.

– Zerif mettra la main sur lui, c'est certain, protesta Abéké.

– Mais il ne pourra pas, garantit Rollan en se tournant. Ce château est inaccessible! Si Zourtzi a pu empêcher l'invasion des Conquérants, il ne laissera pas non plus entrer Zerif. Ça vaut au moins la peine d'y réfléchir. Et Kirat n'est peut-être pas le seul qui devrait rester ici, ajouta-t-il en regardant Tasha.

La jeune fille serra les poings.

– Tu ne veux pas que je vienne avec vous ? demanda-t-elle en élevant le ton. Je sais que je suis un peu maladroite, mais je mérite une chance de me battre pour l'Erdas, comme Abéké et toi.

– Le mieux que tu puisses faire pour l'Erdas, c'est garder Ninani dans un lieu sûr, affirma Rollan. Ce qui veut dire rester ici. Je suis sûr que, si on l'expliquait à LaReimaja, elle trouverait un moyen de t'héberger dans la forteresse.

– Et pourquoi pas toi et Abéké ? Vous pourriez rester vous aussi.

– Non, c'est impossible. Mais peut-être que, quand Dante se rétablira, il pourra te rejoindre et...

– Ça suffit ! l'interrompit Abéké. Personne ne reste ici.

Elle se plaça au centre de la chambre et se croisa les bras, Uraza à ses côtés. Elle ne voulait pas donner l'impression de prendre le contrôle. Ils formaient une équipe et chacun avait son mot à dire, mais il fallait aussi qu'elle leur rappelle leur mission. Elle regarda Rollan dans les yeux.

– Je ne connais pas Cabaro aussi bien que toi, mais je connais Zerif. J'ai vu ses méthodes de près.

Crois-moi, il saura briser les défenses de Zourtzi et il emportera Cabaro pour compléter sa collection de Bêtes Suprêmes.

– D'accord, concéda Rollan.

Il se tourna vers Tasha, qui affichait un air profondément blessé.

– Ce n'était qu'une proposition, Tasha. Je veux juste que tu sois en sécurité.

– La prochaine fois que tu cherches un volontaire pour éviter le combat, commence par toi, répliqua la jeune fille.

Rollan poussa un soupir quand elle ouvrit la porte pour sortir de la chambre.

– Et moi qui pensais que Meilin était coriace...

– Viens, mon amie, invita Abéké en tendant le bras pour qu'Uraza s'y inscrive. Allons prendre notre petit déjeuner.

Abéké n'eut que quelques minutes pour avaler sa bouillie avant de courir apporter le festin de Kirat et Cabaro. En tant que première domestique à leur service, elle devait s'occuper seule de l'enfant et de son animal totem. Elle se dépêcha de ranger tous les plats dans un chariot qu'elle poussa dans les couloirs. Consciente qu'elle était en retard, elle s'attendait à être réprimandée par Kirat ou son responsable. La cloche de la tour nord résonna au moment précis où elle arrivait dans la pièce.

Elle était vide.

Kirat n'avait pas pu partir avant de prendre son petit déjeuner, tout de même. Sealy ne l'aurait pas laissée lui apporter son repas. Elle posa toutes les assiettes sur la table, et servit même plusieurs gamelles de sanglier cru à Cabaro.

Elle sortit ensuite de la pièce et s'engagea dans le couloir pour se rendre dans les appartements du jeune garçon. Peut-être qu'il s'y préparait pour la chasse. Elle se demanda si quelqu'un d'aussi gâté que lui savait manier l'arc et les flèches. Ou bien savait-il juste recevoir ses repas sur des plateaux en or?

Quand elle arriva, la porte de la suite était légèrement entrouverte. Elle la poussa et inspecta l'intérieur. Kirat lui tournait le dos, un bras tendu. Cabaro était allongé au sol devant lui.

– Allez, animal débile! hurla l'enfant. Je t'ordonne de prendre ta forme passive!

Cabaro ne bougea pas.

– Tu ne peux pas continuer à m'embarrasser ainsi. Mon père ne le tolérera pas.

Il se frotta le bras.

– Je devrais te laisser mourir de faim, tu comprendrais alors ta place.

Cabaro ouvrit grand la gueule pour bâiller avant de rouler sur le dos.

Kirat s'empara d'un coussin et le jeta sur l'animal.

– Imbécile...

Kirat se tut quand le lion bondit sur ses pattes en rugissant. Il déchira de sa puissante mâchoire le coussin. En poussant un nouveau grognement, il s'approcha de son humain, qui recula et sauta sur son lit.

Abéké se rua dans la pièce.

– Tout va bien?

– Qui est-ce... oh, seulement toi, lâcha Kirat.

Il interposa un autre coussin entre Cabaro et lui, sans grand espoir qu'il le protège si le lion l'attaquait. Mais Cabaro ne bougeait déjà plus. Il se dirigeait vers une grande couverture devant l'âtre, où il s'allongea confortablement, les yeux rivés sur Abéké.

– Comment tu fais ça ? demanda Kirat, d'une voix où perçaient l'excitation et la curiosité. Pourquoi est-ce qu'il te respecte, toi, et pas moi ? Je suis son maître !

Abéké fit quelques pas encore dans la pièce. C'était peut-être l'occasion de rallier Kirat à leur cause.

– À ce que j'ai cru comprendre, le lien entre les humains et leurs animaux totems ne fonctionne pas ainsi. Ils deviennent partenaires. Il n'est pas question que l'un domine l'autre.

– Mais selon mon père...

– C'est toi qui as invoqué un animal totem, pas ton père.

Elle s'interrompit un instant pour lui laisser le temps d'intégrer ses paroles.

– Comment pourrait-il te guider dans ta relation avec ton animal totem alors qu'il n'en a pas lui-même ?

Kirat descendit du lit. Grand et mince, il semblait un peu plus jeune que Rollan et elle. Maintenant

que le Nectar de Ninani n'était plus nécessaire pour consolider le lien, il arrivait que des enfants d'à peine onze ans invoquent un animal totem.

– C'est comique. Je suis entouré par les gens les plus riches et les plus intelligents de l'Erdas, et la seule à qui je puisse vraiment parler est une fille comme toi.

Abéké s'efforça de garder son calme. Une partie d'elle aurait voulu que Cabaro enfonce les crocs dans le bras de ce malotru. Cela lui apprendrait peut-être sa place.

– Tu devrais en parler avec ta mère, suggéra Abéké. Les autres domestiques disent qu'elle est très sage.

– Si ça ne tenait qu'à elle, elle m'aurait envoyé chez les Capes-Vertes dès que Cabaro est apparu.

– Bien sûr, les Capes-Vertes ! s'enthousiasma Abéké, réfléchissant posément à la façon dont elle pourrait enchaîner. J'ai entendu dire que c'était à eux que devaient s'adresser les Tatoués pour développer leur relation avec leur animal totem.

Elle avança. Cabaro changea de position mais ne quitta pas sa couverture.

— Je connais un Cape-Verte au village. Il pourrait t'emmener dans la forteresse de Havre-Vert.

— Mon père ne me laissera jamais partir. Il déteste les Capes-Vertes. Ils s'intéressent de trop près à ses affaires, et les ralentissent. Ils se croient au-dessus des lois du pays.

Tout comme Faisel, songea Abéké. Elle prit une profonde inspiration.

— Kirat, tu viens d'invoquer Cabaro, une des Bêtes Suprêmes les plus puissantes, affirma-t-elle. Il faut maintenant que tu suives ton propre cœur.

— Je vais peut-être y réfléchir plus tard, après la fête.

Il enfila une veste en lin beige par-dessus sa chemise en soie.

— Mais pour le moment je dois manger. Après, il faut que je parte à la chasse, même si cet imbécile de lion refuse de prendre sa forme passive.

Abéké se planta devant lui afin de lui bloquer la sortie.

— Tu ne devrais pas attendre.

Elle inspira de nouveau profondément. Elle prenait un risque, mais n'avait pas le choix.

– Tu as appelé Cabaro il y a déjà quelques semaines, n'est-ce pas ? Au début, le lien était très fort. Mais il s'est passé quelque chose, qui affaiblit votre relation.

Kirat pencha légèrement la tête, perplexe.

– Oui, deux jours après que je l'ai invoqué, confirma-t-il. C'était comme si toute ma peau était en feu. Tout mon corps s'est figé, je ne pouvais plus ni parler, ni bouger, ni penser. Mon père m'a dit d'arrêter de me plaindre. Il affirmait que ça faisait partie du processus.

– Ton père ne peut pas parler de ce qu'il ne connaît pas, protesta Abéké. Ce que tu as ressenti, ce sont les conséquences d'une maladie très grave qui frappe l'Arbre Éternel. Il est en train de mourir. Et avec lui, le lien entre les humains et leurs animaux.

– Comment sais-tu tout cela ? demanda Kirat, intrigué.

Abéké retroussa sa manche pour dévoiler son tatouage.

– Tu as un animal totem ?

Au lieu de répondre, Abéké relâcha Uraza. La panthère examina rapidement la pièce de ses yeux violets, qui finirent par se poser sur Cabaro. Il s'était déjà levé et commençait à tourner autour d'eux.

Manifestement, ces deux-là ne se portaient pas dans leur cœur.

– Je suis Abéké, dit-elle en tapotant Uraza. Et je suis sûre que tu as déjà reconnu Uraza, la grande panthère.

Kirat dévisagea tour à tour la jeune fille et son animal.

– Tu es une Cape-Verte, affirma-t-il.

– Je ne suis pas venue faire du mal à toi ou à ta famille, assura-t-elle. Mais un homme est en route pour t'arracher Cabaro. Il s'appelle Zerif. Il a déjà volé la plupart des Bêtes Suprêmes à leurs partenaires légitimes. Il ne s'arrêtera que lorsqu'il les aura toutes sous sa coupe.

Elle posa une main sur le coude du garçon.

– Mais si tu viens avec moi...

Kirat se dégagea brusquement.

– Lâche-moi ! dit-il en élevant la voix.

Le grognement de Cabaro s'était également intensifié.

– S'il te plaît, ne te fâche pas, tu ne feras qu'énerver Cabaro. Tu dois garder à l'esprit que le lien fonctionne dans les deux sens...

– Mon père m'a averti que vous alliez essayer de m'emmener avec vous. Tu es une des Capes-Vertes qui ont attaqué son magasin de soie.

– Ça ne s'est pas passé comme tu le dis. Nous nous sommes juste défendus.

Kirat essaya de contourner Abéké.

– Gardes ! À l'aide ! hurla-t-il. On me kidnappe !

Abéké n'avait pas le choix. Elle lui donna un coup de poing dans le ventre, qui le plia en deux. Alors qu'il tombait par terre, Abéké sortit le poignard de sa botte.

– Tais-toi, menaça-t-elle, la pointe du couteau sur son cou. Je veux seulement te parler.

Elle jeta un coup d'œil à Uraza, qui se livrait toujours à une joute à distance avec Cabaro, aucun des deux n'attaquant l'autre pour l'instant.

— Tu vois ton animal totem ? demanda-t-elle à Kirat. Tu comprends pourquoi il ne nous combat pas ? Ce n'est pas nous l'ennemi. Nous essayons juste...

— Que se passe-t-il ? retentit une voix.

Abéké se figea quand deux gardes apparurent.

— Un autre animal totem ! cria l'un d'eux. Attrape-le !

Pas un bon plan, jugea Abéké en regardant les hommes s'approcher. Elle savait qu'ils ne représentaient pas des adversaires de taille pour elle et sa panthère, leurs cottes de mailles les alourdissaient, mais d'autres gardes n'allaient pas tarder à arriver.

Alors qu'Uraza bondissait sur l'un d'eux, Abéké évita le sabre que l'autre brandissait contre elle. Elle le frappa à la jambe avant de le pousser vers le mur. Uraza avait bloqué son assaillant contre la cheminée.

D'autres pas résonnèrent dans le couloir. Abéké se tourna vers Kirat.

— Tu dois venir avec nous. Maintenant !

— Je n'irai nulle part avec toi, Cape-Verte ! rétorqua le jeune garçon.

– Tu commets une terrible erreur. Si l'Erdas tombe, tu l'auras sur la conscience.

Elle partit vers la porte pour inspecter le couloir. Au moins cinq gardes accouraient vers la chambre de Kirat. Elle referma la porte et la verrouilla.

– C'est la seule issue, affirma le jeune noble. Vous êtes enfermées.

Il défia Abéké du regard et leva les poings comme s'il voulait se battre.

Abéké attrapa le petit tabouret en bois devant la coiffeuse et le souleva au-dessus de sa tête.

– Pas un mot!

Kirat se tut, mais garda les poings serrés. Cabaro recula et se posta derrière le garçon.

– Tu ne peux plus te sauver. Les gardes vont défoncer la porte.

Abéké tourna la tête vers la plus proche des fenêtres en vitrail.

– Je trouverai une autre sortie.

Elle jeta le tabouret sur la fenêtre. La vitre vola en éclats, projetant des bris multicolores partout sur le tapis et dehors.

– Non ! Arrête ! hurla Kirat.

– Reste où tu es, lança Abéké. Tu as les pieds nus. Même si tu es le pire obstiné que je connaisse, je ne voudrais pas que tu te blesses.

Se servant d'un de ses coussins en satin, elle agrandit le trou dans la fenêtre désormais ouverte. Abéké ne tint pas compte des gens à l'extérieur qui regardaient dans sa direction. Ils étaient trois étages plus bas. Impossible de sauter de cette hauteur, même avec l'aide d'Uraza. Mais juste à sa droite, à un étage au-dessous d'elle, elle vit un autre vitrail, et un autre encore en dessous.

Elle grimpa sur la fenêtre.

– Viens, Uraza.

La panthère s'élança vers elle. Cabaro suivit, mais s'arrêta quand il constata que Kirat ne venait pas.

– Kirat, un jour, tu apprendras à faire confiance à ton animal totem. J'espère juste que cette leçon te sera enseignée avant que Zerif ne te le vole.

Sans attendre la réponse, elle sortit sur un étroit rebord.

– Uraza, donne-moi ta force.

Elle sauta vers le rebord suivant. Elle se laissa rebondir dessus et utilisa l'inertie pour continuer sa descente jusqu'au sol.

Dès qu'Uraza arriva à ses côtés, elles partirent en courant. Inutile d'essayer de passer inaperçues, Abéké avait déjà attiré l'attention sur elles. Beaucoup parmi les invités portaient déjà leur tenue de chasse. Ils s'immobilisèrent tous pour la contempler avec sa panthère, mais aucun ne tenta de les arrêter. Au-dessus de sa tête, elle entendit les sentinelles hurler, mais pour le moment aucune flèche ne pleuvait sur elles.

Abéké traversa la cour et s'introduisit dans le palais par une autre porte. Elle put enfin reprendre son souffle. Même si elle ne connaissait pas cette partie de la forteresse, elle savait que son dortoir n'était pas loin. Elle devait retrouver Rollan et Tasha au plus vite pour les prévenir. Bientôt les gardes feraient le lien entre eux.

Elle avança dans un couloir silencieux et, petit à petit, la décoration lui parut familière. Elle approchait. Il le fallait. Jetant des coups d'œil derrière elle, elle tourna à l'angle du passage qui selon elle la menait vers ses camarades.

Elle s'arrêta net. Une mer de flèches se dirigeait droit sur elle.

– Tu es pleine de surprises, lança Faisel derrière ses gardes. Contrairement à mon fils, je suis sûr que tu sais rappeler ton animal à son état passif.

Abéké déglutit. De la chaleur irradia son bras quand Uraza retourna sous forme de tatouage noir sur sa peau.

– Brave, petite, dit Faisel en claquant des doigts.

Un des gardes avança.

– Enfermez-la dans le donjon.

En cavale

Après le petit déjeuner, Rollan et Tasha retournèrent dans leur chambre pour nourrir leurs animaux totems avant de servir LaReimaja. Rollan avait chapardé quelques saucisses et du pain en passant par la cuisine. Ninani s'attaquait déjà au pain, laissant la viande à Essix. Le faucon leur avait rendu une petite visite tous les matins, de son plein gré, en partie pour recevoir à manger mais aussi pour s'assurer qu'ils allaient bien. Avant, le garçon pouvait la convoquer par la simple force de son esprit, mais il n'avait plus osé essayer depuis que leur lien s'était affaibli.

Alors que Rollan scrutait le ciel à la recherche de son animal totem, Tasha s'était remise à chanter.

– Pain rassis, pain rassis, mange-le bien ou meurs de faim. Si tu...

– Pourquoi tu l'aimes tellement, cette chanson ?

Tasha haussa les épaules.

– Elle est entraînante, tu ne trouves pas ?

Rollan ne voulait pas l'admettre, mais elle avait raison. Et la mélodie lui était familière.

– Tu es sûre...

Il fut interrompu par le cri d'Essix qui se posait sur le rebord de la fenêtre. Il lui tendit le bras.

– Tu es arrivée tard.

Elle agita la tête et repartit.

– Que se passe-t-il ? Essix n'aime pas les saucisses ?

Rollan posa la nourriture.

– Quelque chose ne va pas. Essix veut que je la suive.

– C'est en rapport avec Dante, tu penses ? demanda Tasha. Peut-être que son état s'est dégradé.

– On va bientôt le découvrir.

Il se colla contre le mur.

– Ferme la porte à clé.

Rollan ferma les yeux et se concentra.

Rien.

Il serra les paupières et les poings. Il essaya d'oublier l'odeur des saucisses et du pain dans la pièce. Il essaya de repousser ses préoccupations concernant Abéké et Tasha, Meilin et Conor. Et soudain, il distingua le ciel bleu entre les nuages.

Essix volait vite, vraiment très, très vite. Elle devait avoir conscience que le lien ne résisterait pas longtemps. Elle dépassa le port et arriva au-dessus du marché de Caylif. Elle fondit sur le magasin de soie de Faisel et atterrit sur le bord d'une fenêtre ouverte.

À ce que Rollan pouvait constater, le plus gros des dégâts était réparé. Essix regarda en direction du comptoir devant l'arrière-boutique, mais une pile de cartons lui bloquait la vue. Elle avança à l'intérieur.

Essix sautilla doucement sur des foulards de toutes les couleurs pour approcher du fond. Elle

s'arrêta dès qu'elle put y voir plus clair. Le jeune vendeur qu'ils y avaient vu parlait à un homme encapuchonné dans une pèlerine foncée.

Rollan ne pensait pas qu'il s'agissait de Dante, mais il ne distinguait pas ses traits. La position de son corps ne lui permettait pas de voir son visage.

Brusquement, l'homme jeta quelque chose dans la poitrine du garçon, qui se débattit, et quand finalement il se figea ses yeux avaient perdu toute expression et une spirale noire s'entortillait sur son front.

L'homme retira alors sa capuche. Zerif.

— Maintenant, ordonna le sinistre personnage en tendant au vendeur un couteau, va chercher Otto.

Le jeune homme disparut dans l'arrière-boutique. Otto poussa un hurlement.

— Qu'est-ce que tu fais avec ça ! Retire tes mains de moi ! Comment oses-tu ?

Le garçon traîna Otto vers le comptoir. Zerif ne prit même pas la peine de lui parler. Arrachant le couteau des mains du vendeur, il fit une petite entaille sur le front d'Otto. Il y enfonça une substance grisâtre. Le parasite s'introduisit sous sa peau et les effets furent immédiats.

– Emmène-moi à Zourtzi, ordonna Zerif, avant de renifler l'air. Non, attends, je dois m'occuper d'une affaire plus pressante, d'abord.

Il ouvrit sa pèlerine, virevolta et posa le regard droit sur Essix. Une seconde plus tard, Halawir, l'aigle, apparut.

– Le moment est venu de compléter ma collection.

– Essix ! Envole-toi ! hurla Rollan.

Ou peut-être qu'il crut simplement l'avoir crié. Il n'en était pas sûr. Mais Essix n'avait pas besoin de ses encouragements. Elle s'était déjà enfuie, Halawir la suivant de près, à en croire le bruit que Rollan percevait.

Essix cria et soudain Rollan vit les immenses ailes noires et le bec doré de l'aigle. Les plumes des deux oiseaux traversèrent son champ de vision.

Rollan tomba en piqué, sa vision devenant de plus en plus faible, jusqu'à ce qu'il soit de retour dans sa chambre à Zourtzi.

– Essix ! hurla Rollan, tendant les bras.

Ses jambes ne le soutenaient plus.

Tasha le rattrapa avant qu'il ne s'effondre par terre. Elle l'aida à s'asseoir sur un lit et lui apporta une gourde.

– Quelque chose ne va pas ? Essix est en danger ?

Rollan but quelques gorgées d'eau et respira profondément. Son estomac était complètement noué, mais il sentait encore la présence du faucon dehors.

– Elle va bien, je pense.

J'espère. Il desserra son col, trempé de sueur.

– Zerif est à Caylif. Il a déjà infecté Otto. Il est sûrement en route vers la forteresse.

Rollan se leva. Tasha tenta de le soutenir, mais il refusa et elle se recula.

– Abéké avait raison. Zerif n'a pas besoin d'une armée pour franchir ces murs. Pas avec Otto pour le faire entrer par la grande porte et le mener à Faisel.

Il jeta la gourde sur son lit.

– C'est bien la peine qu'elle soit impénétrable, cette forteresse, ironisa-t-il.

– Qu'est-ce qu'on fait, alors ?

– On retrouve Abéké et on parle avec LaReimaja. Il est temps de jouer cartes sur table.

Rollan s'empara de deux poignards et Tasha prit un balai.

Elle l'appuya contre le mur pour en détacher la brosse et ne garder que le manche.

– Ça fera l'affaire, affirma-t-elle.

Ils s'engageaient dans le couloir, quand soudain ils entendirent un bruit.

– Que se passe-t-il? demanda Tasha. Un assaut? C'est Zerif?

– Je ne pense pas. Même lui ne pourrait pas être ici aussi rapidement.

Rollan avança, Tasha tout près de lui. Ils coururent vers une fenêtre pour regarder dehors. Abéké et Uraza traversaient la cour en trombe. Une garnison de soldats leur hurlait dessus depuis un escalier.

– Ils ont dû découvrir qui elle est, hasarda Tasha. Il faut qu'on aille à sa rescousse!

– Elle sait se débrouiller seule, rétorqua Rollan. On doit trouver LaReimaja.

– Mais...

– Notre mission est de mettre Kirat et Cabaro en sécurité. C'est ce qu'Abéké voudrait que nous fassions.

Il suivit des yeux la jeune fille qui se faufilait à travers une lourde porte en bois.

– Tout ira bien pour elle.

Il n'était pas vraiment convaincu de ce qu'il disait, mais il voulait que Tasha y croie pour l'instant.

– Nous serons en meilleure position pour aider Abéké une fois que nous aurons réussi à mettre LaReimaja de notre côté.

Ils s'élancèrent vers ses quartiers. À mi-chemin, ils croisèrent le premier groupe de gardes.

– Ce sont les compagnons de la Niloaise ! hurla l'un d'eux. Des Capes-Vertes ! Capturez-les !

– D'accord, nouveau plan, lança Rollan. On va devoir se battre pour entrer dans sa chambre.

Le soldat de gauche assena un violent coup d'épée que Rollan évita sans difficulté, ripostant dans le même mouvement. Mais la lame glissa sur la cotte de mailles du garde sans causer aucun dégât. Celui-ci chargea de nouveau, Rollan se baissa et infligea une profonde coupure à la jambe de l'homme, qui hurla et lâcha son arme.

Rollan se tourna vers Tasha. La jeune fille fit un bond, son bâton tournoyant entre ses mains.

Elle frappa l'autre garde sur la tête et atterrit doucement sur ses pieds.

À quelques pas de là, Ninani trompeta et déploya ses larges ailes blanches.

– Tu sais, tu devrais toujours garder Ninani dehors, conseilla Rollan en se remettant à courir.

Ils arrivèrent dans le couloir qui menait aux appartements de LaReimaja et trouvèrent des gardes stationnés devant sa porte.

Rollan fit volte-face et repartit dans l'autre direction. Il s'arrêta rapidement. Trois autres hommes arrivaient vers eux. Et ce n'étaient pas des gardes comme les autres : des animaux totems les accompagnaient.

Il reconnut les colosses qui les avaient attaqués dans le magasin de soie.

– Rends-toi, petit gars, lança l'un d'eux en visant le torse de Ninani avec une arbalète. Sauf si tu veux que je plante un carreau dans le cœur de cette belle bête.

Rollan laissa tomber son couteau.

– Rappelle Ninani dans sa forme passive, dit-il tout bas.

Le cygne ouvrit les ailes et disparut dans un éclair de chaleur.

– Je vais prévenir lord Faisel, déclara un autre soldat.

Le troisième poussa Rollan et Tasha vers le plus grand groupe de gardes.

– J'arrive pas à croire que vous autres, petits vauriens de Capes-Vertes, ayez réussi à pénétrer dans Zourtzi, commenta l'un d'eux.

Il portait une série de galons rouges sur son épaule. C'était sûrement leur chef.

– Si vous avez de la chance, lord Faisel vous tuera rapidement. Sinon, il vous laissera mourir de faim au cachot.

Un coup résonna de l'autre côté de la porte de LaReimaja.

– Que se passe-t-il ici ? J'exige que vous ouvriez cette porte !

– Madame, c'est dangereux, affirma le chef.

– C''est à moi d'en décider, répliqua-t-elle.

Après quelques secondes de silence, elle reprit la parole :

– Tyrus, ouvrez cette porte immédiatement. À moins que vous vouliez expliquer à Faisel comment vous et vos hommes vous êtes octroyé un petit pourcentage sur les bénéfices de ses ventes de soie.

Le visage bronzé de Tyrus pâlit aussitôt. Il fit signe à un garde de déverrouiller la porte.

LaReimaja sortit de la chambre. Elle ouvrit de grands yeux en apercevant Rollan et Tasha.

– Que faites-vous avec ces enfants ?

– Ils ont essayé de kidnapper votre fils, déclara Tyrus. Ce ne sont pas des domestiques, mais des Capes-Vertes déguisés.

Elle fronça les sourcils.

– Est-ce la vérité ? Vous êtes des Capes-Vertes ?

– Oui, mais nous ne sommes pas ici pour enlever Kirat, répondit Rollan. Nous sommes venus le prévenir...

– Ce n'est pas ce qu'affirme Kirat, intervint Faisel en avançant dans le couloir entre deux soldats. Il a dit que votre amie l'a attaqué.

– Elle voulait juste le prévenir de l'arrivée de Zerif.

Le garde qui tenait Rollan le secoua si fort que ses dents s'entrechoquèrent.

– Qui t'a donné la parole? Tu n'as le droit de parler que si lord Faisel te pose une question.

LaReimaja ne quitta pas des yeux Rollan alors qu'elle s'avançait vers son mari.

– Ce qu'il dit est-il vrai? demanda-t-elle.

– Bien sûr que non! répondit Faisel.

– Je sais que tu n'apprécies pas les Capes-Vertes, mais peut-être que tu devrais les écouter. Si notre fils est réellement en danger...

– LaReimaja, ne t'adresse pas à moi sur ce ton, la menaça Faisel. Souviens-toi de ta place. Ta loyauté va à cette famille désormais. Pas à ceux que tu as laissés à Caylif.

Et soudain Rollan comprit.

Comment avait-il mis tellement de temps à rassembler les pièces du puzzle? Les tapis, la chanson que répétait Tasha en boucle, la peau mate et les cheveux noirs de LaReimaja, ses épaules larges et l'intensité de ses yeux.

– Eh, tous les Capes-Vertes ne sont pas si mauvais, assura Rollan.

— Tyrus, s'il te plaît, enseigne les bonnes manières à notre jeune prisonnier, ordonna Faisel dans un soupir.

Le chef attrapa Rollan par les épaules et le cogna contre le mur.

— Ferme-la, maintenant !

Sa tête se mit à tourner, il larmoyait.

— Eh... j'imagine qu'il fait très noir dans votre... cachot, dit-il, le souffle court. Vous pourriez au moins nous donner une torche ou une bougie ?

Tyrus lui donna un coup de poing dans le ventre.

— Imbécile de Cape-Verte ! Tu m'implores de te briser le crâne ?

Rollan toussa et cracha une partie de son horrible petit déjeuner. Ensuite, il prit une profonde respiration et se redressa.

— Comment dites-vous « lumière » dans votre langue maternelle ? demanda-t-il.

Son regard effleura Tasha, qui semblait sidérée et apeurée, pour se poser sur LaReimaja.

— Peut-être... *Lumeo* ?

Le garde secoua la tête et plia le bras pour frapper.

Rollan s'arma de courage pour recevoir son poing dans le visage.

Ensuite vint la douleur.

Puis plus rien.

Anguilles de mer

Rollan et Abéké sont certainement en meilleure posture que nous, songea Meilin. Quelques heures après qu'ils s'étaient enfermés dans la salle à manger, les cris derrière la porte s'étaient tus.

De temps en temps, Teutar ou une autre pirate leur hurlaient dessus, leur rappelant qu'ils ne pourraient pas rester là pour toujours.

Qu'elle l'accepte ou non, les pirates avaient raison. Malgré les provisions dont ils disposaient, Takoda et elle ne tiendraient pas plus que quelques jours sans eau. Conor, encore bien moins. Le parasite se distinguait clairement sur son cou et il progressait régulièrement vers son front.

Que lui arrivera-t-il quand cette vermine finira par prendre possession de lui ? Que nous arrivera-t-il, à Takoda et à moi, si nous sommes coincés dans cette pièce avec lui ?

– Kovo a eu assez à manger ? demanda Meilin dans un soupir.

Il fit un signe à l'intention du gorille, pressant deux doigts l'un contre l'autre. La Bête Suprême secoua la tête.

– Il va bien.

– Parfait. Jhi et Briggan aussi, je pense.

Le loup n'avait pas touché aux champignons que Conor avait essayé de lui donner, mais avait dévoré de bon cœur un tas de poissons.

– Nous aurons besoin de toutes nos forces pour combattre ces pirates.

S'ils arrivaient jusqu'à la barque, ils avaient leur chance.

– On attend combien de temps encore ? demanda Takoda.

Il rajusta sa main sur le manche de son épée. Meilin avait essayé de lui en enseigner les rudiments : parer et bloquer. Avec l'aide de Kovo, il pourrait sans doute se défendre contre quelques pirates. Elle l'espérait, du moins.

Avant que Meilin puisse répondre, Conor s'assit en face d'elle. Il avait passé tout ce temps dans un coin avec Jhi et Briggan, mais finalement Jhi était retournée à sa forme passive sur le bras de Meilin. Elle avait fait tout ce qu'elle pouvait pour l'instant.

– Tu es prêt ? demanda-t-elle à Conor en examinant son regard bleu.

Son ami était toujours là.

Il laissa échapper un profond soupir.

– Meilin...

– Non.

Sa voix n'était pas aussi ferme qu'elle l'aurait voulu.

– Ne t'avise même pas de le dire.

Conor posa la main sur le bras de son amie. Ses doigts durs et calleux juraient avec son visage doux et raffiné. Était-ce son bâton de berger qui lui avait ainsi abîmé les mains ? Ou plutôt la hache avec laquelle il se battait ?

– Tu as un devoir. Pas vis-à-vis de moi, mais de l'Erdas. Laisse-moi me rendre. Toi et Takoda, vous avez encore des chances d'arrêter le Wyrm.

– Mais je ne peux pas...

– Occupe-toi de Briggan pour moi. Promets-le-moi, c'est tout.

Meilin lui adressa un petit hochement de tête rapide. Il se leva et revint vers le loup. Quand il lui murmura quelques mots à l'oreille, l'animal poussa une plainte.

Kovo grogna. Meilin et Takoda se retournèrent aussitôt vers lui. Le singe ouvrit les mains en l'air avant de serrer les poings.

– Oui, répondit Takoda en répétant le geste.

Des larmes coulaient sur les joues du jeune garçon, il ne prit pas la peine de les essuyer.

— Il est courageux, dit-il en posant les mains sur ses genoux. Comment peut-on s'habituer à ça, Meilin ? Perdre des gens qu'on aime ?

Meilin serra son bâton de combat.

— On ne s'y habitue pas, répondit-elle après un moment. Ça fait toujours aussi mal.

Elle sentit des larmes poindre, mais elle les retint. Pleurer ne leur servirait à rien.

Elle se leva à son tour et Takoda en fit de même. En avançant vers la porte, elle s'éclaircit la voix.

— Nous avons décidé de nous rendre, appela-t-elle.

— Comment pouvons-nous vous faire confiance ? retentit une voix de l'autre côté.

Meilin pensait reconnaître Teutar, mais elle n'en était pas sûre.

— Nous allons rappeler nos animaux totems, affirma Meilin.

Elle jeta un regard à Briggan.

— Tous sauf le loup, ajouta-t-elle. Il doit rester libre.

— Sortez. Doucement, répondit la voix après quelques secondes.

Il s'agissait bien de Teutar.

Kovo retira la table et disparut sur le cou de Takoda. Meilin ouvrit la porte. Au moins vingt pirates armées les attendaient dehors.

Meilin s'engagea la première, suivie de Takoda et Conor. Briggan avait la tête basse, la queue entre les pattes.

Teutar passa des chaînes aux poignets de Meilin, tandis qu'une autre pirate s'occupait de Takoda. Une troisième semblait trop effrayée pour s'approcher de Conor.

Conor tendit les bras.

– Vas-y, l'invita-t-il. Je suis inoffensif.

– Dépêche-toi, la pressa Atalanta en se frayant un chemin dans le groupe compact.

Son crapaud géant faisait des bonds à côté d'elle. Briggan gronda mais resta sur place.

– Que quelqu'un muselle ce loup ! ordonna Atalanta.

Elle s'arrêta devant Meilin et Takoda.

– Je devrais vous jeter par-dessus bord, mais qu'est-ce que j'y gagnerais ?

— Je vous en conjure, emmenez-nous à l'Arbre Éternel, supplia Meilin, qui se fichait bien de sa fierté désormais. Tu as un animal totem, toi aussi. Tu dois sentir que ton lien faiblit. Ça ne fera qu'empirer. La relation finira par se casser. Mais nous avons encore le temps d'arrêter le processus... si vous nous conduisez à l'Arbre Éternel.

— Je ne peux pas. Même si je le voulais, affirma Atalanta en arpentant le pont. Nous avons toutes remarqué les changements dans nos terres, pas seulement les Nombreux et l'affaiblissement de mon lien avec Perth. La mer n'est plus comme avant, elle est devenue plus dangereuse. Des créatures naguère dociles et passives sont désormais agressives et incontrôlables.

Elle regarda l'eau.

— La mer de Soufre est comme des douves entourant l'Arbre Éternel. À elle seule, elle décourage même les plus aventureux de s'en approcher. Mais à présent, deux immenses anguilles gardent l'île.

— Xanthe, notre guide, nous a parlé de trois niveaux de protection, intervint Takoda. Ces créatures en font-elles partie ?

Atalanta secoua la tête.

– Non, les protections sont là pour repousser les forces du mal. Ces anguilles, elles, ont tout détruit sur leur passage, le bien comme le mal. Nous n'en sommes pas certaines, mais nous pensons qu'elles portent la marque des Nombreux, ajouta-t-elle en se tournant vers Conor.

– Ce serait de la folie de s'approcher de l'île, affirma Teutar. Ces bêtes ont détruit des navires deux fois plus grands que le *Meleager*.

– Vous devez nous laisser essayer, insista Meilin. Donnez-nous une embarcation et montrez-nous la direction.

– Vous n'avez aucune chance, assura Atalanta.

– Nous sommes prêts à essayer, déclara Takoda.

Atalanta poussa un soupir.

– Vous êtes très courageux, je dois bien vous reconnaître cette qualité.

Elle fit un geste vers une pirate.

– Préparez des provisions. De la nourriture, de l'eau, des armes. Tout ce que vous trouverez.

Teutar fronça les sourcils.

– Capitaine, c'est sérieux? Pourquoi devrions-nous sacrifier nos provisions durement gagnées pour leur mission suicide? Nous n'y gagnerons rien.

– Teutar, n'as-tu pas vu l'animal qui les accompagne? C'était le grand singe guerrier. Celui qui nous avait mis en garde contre le Wyrm, il y a des siècles déjà.

– C'est impossible, répliqua Teutar. Ce n'est qu'une légende.

– Toutes les légendes, même les plus fantastiques, ont une base de vérité. C'est bien lui, n'est-ce pas? demanda Atalanta en s'adressant à Takoda.

– Il s'appelle Kovo, confirma Takoda. C'est une des Bêtes Suprêmes de l'Erdas.

Atalanta se tourna de nouveau vers Teutar.

– Nous n'irons pas avec eux. Mais, si nous voulons arrêter le Wyrm, il faut que nous les laissions continuer leur route, dit-elle en souriant. Qu'espères-tu encore gagner si la fin du monde arrive?

– Et l'infecté? grommela Teutar, énervée.

Atalanta tira son épée.

– La décision s'impose à nous, j'en ai bien peur.

Meilin s'interposa.

– S'il vous plaît, je vous en supplie. Ne faites pas ça. Si nous arrêtons le Wyrm, nous pourrons le sauver.

– Si nous ne le tuons pas maintenant, il nous infectera tous, dit-elle en faisant signe à un membre de son équipage, qui écarta Meilin.

Briggan poussa un nouveau gémissement.

– Ne t'inquiète pas, lança Conor doucement, le regard clair et assuré. Tout va bien...

Il fut alors subitement pris de convulsions. Teutar sortit son épée de son fourreau.

– Il change ! On doit le tuer maintenant, avant qu'il ne se transforme définitivement.

– Non ! hurla Meilin. Le parasite est toujours dans son cou, c'est autre chose !

Le corps de Conor s'agitait si violemment qu'il semblait se briser en deux. Il finit par se calmer et pointa un doigt tremblant vers la mer.

– Ça arrive vers nous !

À cet instant, la corne de brume retentit depuis le haut du mât, un long cri suivi de deux plus courts.

– Quelque chose avance dans notre direction, affirma Teutar. Très rapidement.

Atalanta claqua des doigts et, en une seconde, on lui apporta une longue-vue. Elle la déplia pour observer le large et prit une profonde inspiration.

– Postes de combat !

– Et eux ? demanda Teutar en montrant Meilin et ses compagnons.

– Libérez-les, ordonna Atalanta. Nous aurons besoin de toute l'aide possible.

Les pirates leur retirèrent les chaînes avant de prendre leurs positions. Certaines s'emparèrent d'arbalètes et de carreaux, tandis que les autres chargeaient les canons.

– Qu'est-ce que c'est ? demanda Meilin à Conor. Qu'est-ce qui arrive ?

– Je... je ne sais pas, répondit le jeune garçon. Mais c'est immense.

Meilin dirigea son regard vers la mer. Elle voyait de larges ondulations sur l'eau couleur moutarde, comme si une créature sous la surface fonçait vers eux. La corne sonna une nouvelle fois et une bordée de canons fut lancée. Sans aucun résultat.

– Chargez !

– Trop tard, répondit une des pirates.

Deux énormes anguilles apparurent. Sur leurs têtes, ils virent les spirales noires du parasite.

Elles rappelaient à Meilin les grands dragons qu'on faisait voler dans le vent pendant le festival du Nouvel An au Zhong. Mais elles n'avaient rien de jouets pour enfants. Elles poussaient de puissants hurlements, dévoilant leurs épais crocs incurvés et leurs longues langues fourchues. Des gouttes jaunes dégoulinaient sur leur peau brillante quand elles courbaient leur corps. Fonçant vers le navire, les deux anguilles semblaient fixer leurs grands yeux rouge sombre sur Meilin et Conor.

Les anguilles continuaient à crier en fendant la mer pour provoquer un raz-de-marée. Le *Meleager* grinça en se penchant à bâbord. Les cargaisons se détachèrent de leurs cordes et glissèrent sur le pont. Meilin bondit sur Conor pour l'écarter de la trajectoire d'un boulet de canon qui roulait vers lui.

Il cligna des yeux et il lui fallut quelques instants pour que son regard se pose sur Meilin

— Merci, lâcha-t-il.

— Conor, il faut que tu te concentres !

Elle lui montra du doigt quelques pirates qui s'accrochaient désespérément au bastingage.

– Allez les aider, Takoda et toi. Et ensuite chargez les canons, je vais trouver Atalanta.

Takoda rappela Kovo. Avec Conor et leurs animaux totems, ils se précipitèrent vers les pirates en difficulté, tandis que Meilin courut vers la proue. Elle y retrouva Atalanta et Teutar agrippées à la rambarde.

– Préparez les canons ! hurla Atalanta en direction de Meilin. Une des anguilles revient à la charge.

– Mais où est la deuxième ? demanda Teutar. Elle doit être...

– Là ! cria Meilin, en montrant une longue silhouette sombre sous la surface. Elle va nous frapper de plein fouet !

Meilin eut juste le temps de se caler contre le bastingage avant que l'anguille percute la coque. La jeune fille fut projetée en avant, s'écorchant les genoux et les bras, tandis qu'Atalanta, Teutar et le crapaud tombèrent lourdement sur le pont. Les planches de bois éclataient autour d'eux et un des mâts s'effondra dans la mer.

Meilin se redressa pour ramper vers Atalanta, penchée sur son crapaud.

– Comment va-t-il?

– Perth va bien, assura la capitaine. Malheureusement, je ne peux pas en dire autant du *Meleager*. On prend déjà l'eau.

– Comment pouvons-nous aider?

– Occupe-toi des canons, répondit Teutar, blessée au front. La moitié de notre équipage est passée par-dessus bord.

– Non, riposta Atalanta. Oubliez les canons. Prenez toutes les armes possibles et quittez le bateau.

Elle se tourna vers Teutar.

– Change de direction et lève les voiles. Nous partons vers l'Arbre Éternel.

– Mais nous n'avons aucune chance..., protesta Teutar.

– Fais ce que je te dis! hurla la capitaine, dont la peau s'illumina d'une lueur bleue. Le *Meleager* est perdu. Contre ces deux anguilles, nous ne faisons pas le poids. Si nous atteignions l'Arbre Éternel, peut-être qu'ils pourront sauver Sadre avant...

L'autre anguille percuta le navire.

Atalanta, Meilin et Teutar tombèrent sur le pont. Perth fut propulsé dans la mer.

– Non ! hurla Atalanta en se ruant vers l'endroit d'où était tombé son animal totem.

Elle se releva et scruta l'eau.

– Je ne le vois pas, mais je le sens. Il est en vie.

– Rappelle-le à sa forme passive, suggéra Meilin.

Atalanta secoua la tête, contemplant les vagues avec frénésie.

– Il est trop loin. Le lien est trop faible.

Elle commença à déboutonner sa veste.

– Non, Atalanta ! lui cria Teutar. Tu ne peux pas !

Atalanta lui adressa un sourire triste.

– Mon enfant, c'est mon animal totem. Je dois essayer. Je préférerais perdre une jambe que de le perdre, lui.

– Mais les eaux... les anguilles, bafouilla Teutar. Tu vas te noyer.

– Mieux vaut mourir en héros que vivre en lâche.

Elle jeta sa veste.

– Veille sur l'équipage, Teutar. Elles sont sous ta responsabilité, désormais. Et, quand tu raconteras mon histoire, fais en sorte qu'elle soit bonne.

Atalanta tira alors son épée et sauta à l'eau.

Meilin et Teutar la regardèrent sans un mot. Elles attendirent encore et encore.

Elle ne refit jamais surface.

– Je suis désolée, lâcha Meilin.

La voix de la jeune fille réveilla la nouvelle capitaine.

– Pourquoi est-ce que nous traînons encore ici ? gronda Teutar, la mâchoire serrée.

Elle écarta Meilin pour passer.

– Descends prendre des provisions.

Elle entoura ensuite sa bouche de ses deux mains pour hurler ses ordres :

– Levez les voiles et faites demi-tour ! Nous partons vers l'Arbre Éternel !

Teutar monta quelques marches vers le pont supérieur pour tourner la manivelle. Meilin jeta un dernier regard par-dessus le bastingage. Toujours aucune trace d'Atalanta. Teutar était la nouvelle capitaine du navire.

Meilin descendit chercher autant d'armes qu'elle le pouvait : épées, poignards et un bâton. Elle trouva même quelques sphères lumineuses. Elle sentit le bateau tanguer et essaya de garder son équilibre malgré les anguilles qui continuaient à se jeter contre la coque.

Quand elle revint sur le pont, elle remarqua que le *Meleager* s'enfonçait dangereusement. Elle trouva Takoda et les autres autour d'un canon. Ils tiraient sur les créatures sous-marines. Le navire fendait l'eau, mais les anguilles le rattrapaient sans mal.

– Vite! On doit partir!

– Et les canons? demanda Takoda.

– Ça ne sert à rien. Nous devons abandonner le navire.

Elle les conduisit tous vers Teutar. Seule, elle s'efforçait de naviguer, malgré les coups répétés des anguilles. Elle finit par y renoncer, quand la barre se mit à tourner sans qu'elle puisse la contrôler.

– Le gouvernail est cassé, je ne peux plus diriger le bateau.

– Nous sommes loin de l'Arbre Éternel? demanda Meilin.

– On ne peut pas s'approcher davantage, répondit Teutar.

Elle accourut vers l'une des barques, attachée à une grande grue en bois destinée à la descendre dans l'eau.

– Dirigez-vous par là, déclara-t-elle en montrant l'obscurité de son doigt tremblant. Les courants vous y pousseront.

– Viens avec nous, demanda Meilin. Le bateau est perdu.

Pour la première fois, elle vit Teutar sourire.

– Je suis la capitaine. Je ne peux pas abandonner mon équipage. Allez, montez vite, je vous mets à l'eau.

Meilin fut la première à grimper dans la barque, suivie par les autres. Kovo resta sur le pont.

– Qu'est-ce qu'il a ? demanda Meilin à Takoda. Qu'il le veuille ou non, il doit venir avec nous.

– Ce n'est pas ça.

Kovo écarta gentiment Teutar pour se frayer un passage et il baissa ensuite l'embarcation vers l'eau.

– Merci, Teutar, lâcha Takoda en direction de la capitaine.

– Bonne chance, répliqua-t-elle.

Elle hocha la tête vers Kovo. Il poussa un grognement tonitruant et brisa la grue en bois qui retenait
la barque au navire.

Meilin retint sa respiration quand ils tombèrent
pendant ce qui lui sembla des heures. Ils finirent par
percuter la surface avec une force qui secoua tous
les passagers. Une seconde plus tard, une grosse
masse les éclaboussa.

– C'est Kovo ! annonça Conor. Aidez-le à monter.

– J'ai une meilleure idée, rétorqua Takoda.

Il ferma les yeux et le singe apparut sur son torse.
Et soudain, tout aussi instantanément, il se matérialisa sur la barque.

– Ramez ! cria Meilin. Nous devons partir le
plus vite possible. Il ne faut pas que leur sacrifice
soit vain.

Ils attrapèrent tous une rame et se mirent en
action furieusement. Les mains et les bras de Meilin
hurlaient de douleur sous l'effort. Elle ne pouvait
s'empêcher de regarder le *Meleager* sombrer dans
les flots. Les explosions des canons résonnaient
encore dans leurs oreilles bien après qu'ils avaient
cessé de tirer.

Ils continuaient de ramer et le *Meleager* continuer de couler.

Elle voulut demander à Conor s'il voyait un navire sous la surface, des survivantes, mais elle se ravisa. Elle ne voulait pas connaître la réponse.

Et, finalement, une bande de terre se profila à l'horizon.

– On se dirige vers la petite île sur notre gauche, lança-t-elle. Nous devons sortir de l'eau avant le retour des anguilles.

Ils y mirent toutes leurs forces, toute leur énergie.

Quand ils atteignirent enfin la rive, ils prirent les affaires que Meilin avait sauvées du *Meleager* et sortirent du bateau. Une ombre immense et noire planait devant eux, impossible à distinguer dans l'obscurité. Meilin tenta d'ouvrir le sac, mais ses doigts trop crispés après la traversée refusaient d'obéir.

– Masse tes doigts d'abord, conseilla Takoda, en s'accroupissant sur le sable à côté d'elle. Si tu ne fais pas attention, tu risques de tout casser. Laisse moi te frotter les mains.

Meilin secoua la tête.

– Dans une seconde, mais d'abord allume une sphère. Il faut qu'on sache ce que nous avons en face de nous. Je n'arrive pas à voir ce que c'est.

Takoda acquiesça et lui prit le sac. Quand il eut trouvé une sphère, il la frotta pour l'allumer.

Les contours d'une ville en ruine se dessinaient devant eux.

– C'est... immense, commenta Conor d'une voix chevrotante. Plus grand même que Phos Astos.

Kovo grogna et pointa le doigt au-dessus de leurs têtes. Ils levèrent tous les yeux vers les racines argentées de l'Arbre Éternel, qui s'étendaient sur le sommet de la grotte.

Et là, au-dessus de la ville, à la base de l'Arbre Éternel, se nichait un polype noir et suintant. On aurait dit un œuf pourri avec une large fissure sur le côté.

Meilin prit une profonde inspiration.

– Le Wyrm.

L'assaut

La cellule d'Abéké était sombre et froide. La prison de Zourtzi en comptait bien d'autres, mais la jeune fille pensait qu'elle était l'unique détenue ici. En tout cas, elle n'avait entendu aucune autre voix dans les couloirs. Les seuls bruits qui lui parvenaient étaient ceux des rongeurs. Peut-être devrait-elle libérer Uraza. La panthère serait sûrement ravie de manger un en-cas.

Assise dans le noir, Abéké songea à la dernière fois où elle avait été emprisonnée. Shane, celui qu'elle prenait pour son ami, avait été son ravisseur. À l'époque, elle ignorait que c'était lui le Dévoreur, le roi de Stetriol. Il s'était fait passer pour un pion impuissant dans la guerre entre les Conquérants et les Capes-Vertes, tout en la retenant captive, d'abord dans la cale d'un bateau et ensuite dans le cachot d'un manoir niloais semblable à celui-ci.

Même quand Meilin l'avait mise en garde contre le jeune garçon, Abéké lui était restée loyale. Shane était son ami, il tenait à elle. Et elle avait cru à leur amitié quand il l'avait aidée à s'enfuir pour qu'ils retournent ensemble à Havre-Vert. Mais ce n'était qu'une ruse pour s'introduire dans la forteresse et les attaquer de l'intérieur.

Elle se demandait désormais si son instinct lui avait de nouveau joué des tours. Elle savait qu'elle avait poussé Kirat dans ses retranchements sûrement trop vite, mais elle n'avait pas eu choix. Il lui restait à espérer que Rollan et Tasha avaient pu s'échapper.

Elle se leva brusquement quand la lourde porte de la tour s'ouvrit. Et son cœur se figea lorsqu'elle vit Tasha poussée en premier dans le couloir. Les gardes y traînèrent ensuite Rollan. Il était inconscient, ou pire.

Le chef du groupe déverrouilla la cellule d'Abéké. Ils y jetèrent Tasha, qui vint percuter sa camarade. Ils portèrent le corps de Rollan à l'intérieur, sur la pierre froide à peine couverte de paille.

– S'il vous plaît, ne le lâchez pas, dit-elle en s'élançant vers eux.

Elle s'immobilisa quand un des hommes pointa une flèche sur elle. Elle leva les mains.

– Je veux juste aider mon ami.

– Donnez-le-lui, ordonna le chef. Lord Faisel va vouloir l'interroger. Le garçon ne pourra pas parler si vous lui fracassez le crâne par terre.

Passant le bras de Rollan autour de son épaule, Abéké le porta péniblement jusqu'à un coin. Tasha avait déjà commencé à amasser de la paille pour lui confectionner un petit oreiller moelleux. Abéké l'allongea sur le sol et l'examina. Du sang coulait de son nez et, sur son front, une bosse commençait déjà à virer au mauve.

– Que lui est-il arrivé ? demanda Abéké après le départ des gardes.

Tasha déchira un bout de sa tunique pour nettoyer le visage du garçon.

– Il ne voulait pas se taire. Il n'arrêtait pas de parler, même quand les hommes de Faisel lui ont ordonné de ne plus répondre. Je ne comprends pas pourquoi il a fait ça, conclut Tasha en secouant la tête.

Abéké tapota la main de Rollan.

– Je suis désolée.

Elle voulait lui parler, même si elle n'était pas sûre qu'il pouvait l'entendre.

– Si je n'avais pas tellement insisté auprès de Kirat, rien de tout cela ne serait arrivé.

Elle prit le linge des mains de Tasha pour laver le sang séché sous son nez.

– L'espace d'un instant, j'ai pensé que j'étais en train de le convaincre. Même Cabaro semblait de mon côté. Mais Kirat a appelé les gardes et je n'ai pas réussi à m'enfuir. Ils m'ont encerclée.

Tasha s'approcha d'Abéké.

– Tu as une idée de la façon dont on pourrait s'échapper d'ici ? murmura-t-elle. Peut-être qu'on pourrait atteindre ce soupirail, suggéra-t-elle.

– On ne pourra jamais escalader ce mur, c'est bien trop haut. Mais, quand Rollan recouvrera ses esprits, on pourra t'y propulser tous les deux.

– Je ne pars pas sans vous, s'offusqua Tasha. Si nous ne pouvons pas tous passer par là, alors, comme dirait Rollan, nous devrons trouver un autre plan. Nous sortirons d'ici en nous battant.

La tresse de Tasha s'était défaite et des mèches blondes collaient à son front. Ses yeux semblaient plus durs que lorsqu'ils l'avaient connue. Elle avait tant grandi. Qu'était-il arrivé à la jeune fille timide et maladroite, enfermée dans ses livres ? Reviendrait-elle seulement un jour ?

– On en discutera quand Rollan reviendra à lui, conclut Abéké. Peut-être qu'il avait raison : on est peut-être plus en sécurité à Zourtzi, même si on est enfermés dans un cachot.

– Non, répliqua Tasha en ouvrant de grands yeux. C'est pour ça qu'on essayait de s'entretenir avec LaReimaja. Zerif est à Caylif. Rollan l'a vu à travers les yeux d'Essix. Il a déjà infecté Otto avec son parasite.

– Alors nous n'avons plus beaucoup de temps, lâcha Abéké en se tournant vers le soupirail. Dès que Rollan sera réveillé, il faut qu'on te sorte d'ici.

– Je te l'ai déjà dit, je ne pars pas sans vous, répéta Tasha. Et pas la peine de perdre ton temps à me faire la leçon sur l'Erdas ou sur ma mission.

Des larmes coulaient désormais sur ses joues.

– Rollan et toi, vous êtes les seules personnes que je connaisse. Les seules qui me restent dans ce monde. Je ne veux même pas penser à ce qui a pu arriver à mes parents...

Elle s'arrêta de parler, interrompue par un sanglot.

– D'accord, dit Abéké tout bas. On trouvera une solution.

Elle scruta l'espace autour d'elle.

– Et si nous libérions nos animaux totems ? Ninani pourrait s'envoler jusqu'au soupirail. Et, même si Uraza ne va pas adorer nager pour s'échapper du château, elle en est tout à fait capable.

Abéké se tourna vers Rollan.

– Mais il faut attendre qu'il soit sur pied pour en décider.

Elle serra sa main. *S'il te plaît, réveille-toi.*

Un bruit résonna au-dessus de leurs têtes. Abéké leva les yeux vers le soupirail et sourit en voyant le fier oiseau. Essix.

– Il va bien, lança-t-elle en direction de la Bête Suprême. On va prendre soin de lui.

Abéké n'aurait su dire combien de temps s'était écoulé quand elle entendit des voix derrière la porte. Elle donna un petit coup de coude à Tasha, qui hocha la tête. *Prépare-toi*, articula-t-elle sans prononcer les mots. *Faisel.*

Rollan ne s'était pas encore réveillé, mais Abéké ne pouvait pas prendre le risque de l'attendre. Si, avec Uraza, elle parvenait à se ruer sur les gardes quand ils ouvriraient la porte et que Tasha protégeait Rollan, ils avaient une chance de s'évader.

La lourde porte du couloir s'ouvrit. Un garde y entra d'un pas maladroit, mais, plutôt que de s'arrêter devant leur cellule, il continua vers la cellule voisine. Non, il ne marchait pas. On le poussait.

Une femme se tenait derrière lui, son visage dissimulé sous une capuche. *Peut-être les Capes-Rouges qui nous ont déjà aidés ?*

– LaReimaja ! s'écria Tasha en bondissant.

La femme sourit en appuyant la pointe de son épée dans le dos du garde.

– Ahmar, prends ses clés.

Ahmar, le domestique qui avait aidé Abéké plus tôt, apparut, un trousseau à la main. Il ouvrit la cellule vide et y fit entrer le garde. Ensuite, il le bâillonna avec un foulard.

– Nous n'avons pas beaucoup de temps, Votre Altesse, pressa Ahmar, une fois qu'il eut terminé.

– Où sont leurs sacs ? lui demanda-t-elle.

– J'ai envoyé une de mes assistantes les récupérer.

– J'espère que c'est quelqu'un en qui tu as toute confiance.

Elle fit un signe de tête vers Abéké et Tasha.

– Ouvre.

Ahmar obéit, et ils entrèrent tous les deux dans la cellule. Abéké ne savait pas quoi dire à cette femme. Son fils avait clairement hérité d'elle sa peau mate et sa silhouette élancée, mais Abéké reconnaissait autre chose en elle qu'elle n'aurait su définir.

LaReimaja s'accroupit en face de Rollan. Elle posa délicatement son épée sur le sol avant de vérifier son pouls.

— Je suis désolée, murmura-t-elle en retirant sa capuche. On ne peut pas attendre que tu reviennes à toi tout seul.

Elle tira de sa ceinture une petite bourse et versa quelques herbes sèches multicolores dans ses mains bronzées. Abéké se couvrit le nez. La puanteur avait envahi tout l'espace.

— Gingembre concentré et xercia, expliqua-t-elle. Si ce mélange ne le réveille pas, alors rien ne le pourra.

Elle prit la tête de Rollan sur ses genoux et approcha sa main du nez du garçon. Rien ne se passa tout d'abord. Le cœur d'Abéké s'arrêta de battre.

Soudain, Rollan sursauta.

— Quoi ? Qui...

— Calme-toi, Rollan, dit LaReimaja tout bas en lui caressant les joues. Prends un instant pour te rétablir. Tu as reçu un sacré coup sur la tête.

Tasha fit un pas vers eux.

– Comment connaissez-vous son nom ? demanda-t-elle, sur un ton d'une froideur qu'Abéké ne lui avait jamais entendue avant. Je sais qu'il ne vous l'a pas confié.

Ils étaient ensemble quand Rollan avait rappelé à Tasha de ne pas révéler son vrai nom pour ne pas compromettre leur ruse.

– Je ne sais pas qui tu es, toi, rétorqua LaReimaja en direction de Tasha. Mais, quand Faisel m'a dit qu'un des Capes-Vertes était accompagné d'Uraza la panthère, j'ai su qu'il s'agissait d'Abéké du Nilo.

Elle posa la main sur le front de Rollan.

– Ce qui fait de lui Rollan, l'humain d'Essix le faucon.

– Elle s'appelle Tasha, intervint Rollan. Elle a invoqué Ninani, le cygne. Et c'est bien dommage, parce que j'aurais préféré avoir Jhi avec moi maintenant pour qu'elle soulage ma douleur à la tête. J'aurais été ravi de recevoir quelques soins magiques.

– J'ai entendu dire que tu es un plaisantin, affirma LaReijama. Pas étonnant que mon frère ait été si proche de toi. Si proche de vous tous.

Abéké avança à son tour.

– Je ne comprends pas. Votre frère ?

Rollan esquissa un rictus.

– Abéké, je te présente Reima, la jeune sœur de Tarik.

– *Reima*, répéta la femme doucement. Je n'ai plus été appelée ainsi depuis fort longtemps. Tarik m'avait donné ce surnom.

Abéké dévisagea la femme. Elle voyait à présent la ressemblance avec leur ancien gardien.

– Comment le savais-tu ?

– Je n'en étais pas sûr, répliqua Rollan en s'asseyant et en effleurant la blessure sur son front. Mais j'ai relié entre eux tous les petits indices : les tapis, la chanson que Tasha avait entendu LaReimaja fredonner, et le nom de Kirat.

– Il a fallu deux ans à Faisel pour comprendre que c'était Tarik à l'envers, confirma LaReimaja en riant. Il ne m'a pas parlé pendant un mois, mais il n'y pouvait plus rien.

Essix quitta son perchoir sur la fenêtre pour atterrir sur l'épaule de Rollan.

— Hello, toi, je savais que tu n'en ferais qu'une bouchée, de ce Halawir.

Il ouvrit sa chemise et le faucon se transforma en tatouage sur sa peau.

— Tarik ne m'a parlé de toi qu'une seule fois, mais j'ai tout de suite senti à quel point il t'aimait, assura-t-il en refermant sa chemise. Tarik m'a aussi dit qu'il s'était passé un évènement qu'il préférait ne pas évoquer, même avec moi.

La femme leur adressa un sourire triste.

— Les affaires de notre famille ont été florissantes pendant des années après le départ de Tarik pour les Capes-Vertes. Mais le marché des tapis a connu une période difficile et mon père est tombé gravement malade.

Elle tourna l'anneau usé en or autour de son doigt.

— Faisel était riche et je lui plaisais depuis toujours... ainsi que notre entreprise familiale. Il a proposé ce mariage, motivé plus par le gain que par l'amour. Je pouvais ainsi me procurer les médicaments onéreux dont mon père avait tant besoin, et Faisel gagnait une nouvelle succursale de tapis. Bien évidemment, de cette union est né un merveilleux enfant. Gâté, mais merveilleux.

Elle laissa échapper un soupir.

– Mais, avant de pouvoir me marier, j'ai dû renoncer à tous mes liens avec Tarik parce que c'était un Cape-Verte.

Elle fit un signe de tête vers Ahmar dans l'embrasure de la porte.

– Ahmar a grandi avec Tarik et moi. Il me transmettait des nouvelles chaque fois qu'il entendait parler de mon frère. C'est lui qui m'a annoncé le retour des Quatre Perdues, et il m'a expliqué que Tarik avait été choisi pour servir de gardien à leurs humains. J'étais si fière, je le suis encore. Je n'ai appris son décès que récemment.

Elle jeta un regard à Rollan.

– Comment est-il mort?

Rollan resta sans voix, c'était la première fois qu'Abéké le voyait ainsi transi, incapable de répondre. Elle comprenait qu'il ne savait pas comment le lui dire. Comment réagirait LaReimaja en apprenant que son frère avait péri ici, au Nilo, en partie à cause de la lâcheté et de la bêtise de Cabaro, l'animal totem de son fils?

– Il est mort en valeureux guerrier, intervint Abéké. Un Cape-Verte jusqu'à son dernier souffle.

– Il m'a sauvé la vie, ajouta Rollan. Et à présent c'est toi qui le fais.

Abéké se raidit en entendant des pas dans le couloir. Quelqu'un approchait.

– J'ai récupéré leurs affaires, annonça une domestique en entrant dans la cellule.

Elle souleva le chiffon sur le plateau où se trouvait le sac d'Abéké.

– Mais nous devons faire vite. J'ai dit aux gardes en haut de l'escalier que j'apportais leur repas aux prisonniers. J'ai peur qu'ils ne se doutent de quelque chose.

– Allez-y, alors.

Elle tendit son sac à Abéké.

– Nous trouverons une autre issue.

La servante hocha la tête avant d'adresser un regard inquiet à Ahmar. Elle disparut ensuite par la porte.

Abéké sortit du sac les quelques armes qui leur restaient. Elle lança une cape verte à Tasha avant de s'attacher la sienne autour du cou. Elle en donna également une à Rollan. Il ne la passa pas sur ses épaules mais la garda à la main.

Bien sûr. La cape de Tarik.

Abéké fit signe à Tasha de la suivre dehors.

– Laissons-lui une minute, murmura-t-elle.

– Qu'est-ce qui se passe ?

– C'est à Rollan de raconter son histoire, pas à moi.

Abéké regarda Rollan parler tout bas à LaReimaja. Il lui tendit la cape. Elle la serra dans ses bras et l'approcha de son visage pour la sentir, avant de la lui rendre. Il tenta de refuser, mais elle insista. Elle prit alors le petit pendentif qu'elle avait autour du cou et le plaça dans la paume de Rollan en chuchotant quelques mots à son oreille.

Rollan et LaReimaja rejoignirent enfin les autres.

– Rollan dit que vous devez emmener mon fils avec vous, dit-elle en glissant son épée dans son fourreau. Ce Zerif est-il vraiment si dangereux ?

— Ses troupes ont pris d'assaut le château impérial de Stetriol en quelques minutes.

— Il est en route vers Zourtzi, renchérit Abéké. Emmener Kirat et Cabaro avec nous est le seul moyen de les protéger.

— Et où le conduirez-vous? À Havre-Vert?

— Nous le mettrons à l'abri, affirma Abéké sans fléchir. Quelque part où Zerif ne le trouvera pas.

LaReimaja regarda tour à tour les enfants avant de s'arrêter sur Rollan.

— Qu'il en soit ainsi, conclut-elle en se dirigeant vers une porte. Venez, empruntons l'escalier secret caché dans le mur ouest. C'est notre meilleure chance d'arriver dans les appartements de Kirat sans nous faire remarquer.

LaReimaja remit la capuche sur sa tête, ne laissant dépasser que son menton. Elle s'assura que la voie était libre et se mit en route.

Devant le mur ouest, elle souleva la tapisserie vert et or, mais aucune issue n'apparut en dessous. Abéké plissa les yeux et s'approcha. Elle distinguait à peine les contours d'une porte.

– Il faut trouver le levier pour l'ouvrir, expliqua LaReimaja, et elle entreprit de pousser toutes les briques. Aidez-moi, les enfants. Essayez en bas. Ahmar, surveille que personne n'arrive.

Le domestique hocha la tête et serra plus fermement encore son couteau de boucher. LaReimaja semblait sûre d'elle et déterminée, mais lui trahissait une nervosité palpable. Il avait l'air prêt à fuir d'un instant à l'autre.

– Ne ratez aucune brique, insista LaReimaja. Le levier est sûrement quelque part.

Ils appuyèrent partout, parfois à deux ou trois reprises. En désespoir de cause, ils tentèrent de pousser la porte. Elle ne bougea pas d'un pouce.

– On devrait peut-être rebrousser chemin, suggéra Abéké.

LaReimaja secoua la tête.

– Il n'existe aucun autre passage. Les quartiers des gardes se trouvent juste derrière l'escalier principal. On ne pourra pas les éviter.

– Attendez. Là-haut ! s'exclama Tasha.

Elle montra le point le plus élevé du mur. Une petite brique dépassait légèrement des autres.

– Il doit l'atteindre avec une flèche, devina LaReimaja. Si nous envoyons un couteau...

– J'ai une meilleure idée, proposa Tasha.

Ninani apparut à ses côtés dans un éclair. Tasha la prit dans ses bras, s'écroulant presque sous le poids du cygne, et lui montra le levier.

– Tu le vois, Ninani?

Tasha l'envoya dans l'air et, de son bec, Ninani frappa la brique. La porte s'ouvrit immédiatement.

– Bien joué! la félicita Tasha.

– Nous devrions tous convoquer nos animaux totems, déclara Abéké. Tenez-vous prêts. Nous ne savons pas ce qui nous attend en haut des marches.

– J'ai enfin réussi à mettre Essix dans son état passif et vous voulez que je la rappelle?

Le faucon apparut à côté du jeune garçon, les ailes déployées.

– Eh, ne me regarde pas comme ça! C'était l'idée d'Abéké.

Ils s'engagèrent dans l'escalier et refermèrent la cloison secrète derrière eux. LaReimaja alluma une des torches posées dans une applique en métal sur le mur. L'atmosphère était particulièrement lourde et étouffante. Abéké dut lutter contre la claustrophobie qui la saisit.

Ahmar suivit LaReimaja dans l'escalier.

– Votre Altesse, bredouilla-t-il. Comment allez-vous les faire sortir?

– Par la trappe secrète dans le bureau de Faisel.

– Mais comment pourront-ils traverser la mer sans se faire remarquer?

– Chaque problème en son temps.

– Mais, Votre Altesse...

– Dis ce que tu as vraiment en tête, Ahmar, s'impatienta LaReimaja.

– Ne craignez-vous pas ce que lord Faisel fera lorsqu'il découvrira ce que vous... nous avons fait?

Elle secoua la tête.

– Mon bon ami, merci pour ton aide. Tu peux nous laisser, maintenant. Je ne t'en tiendrai pas rigueur. Et je dirai bien à Faisel que je t'ai obligé à m'obéir.

Son visage se détendit.

– Mais qu'en sera-t-il de vous, Votre Altesse?

– La seule personne que j'aime plus que mes frères est mon fils. Je ne laisserai aucun danger le menacer, quelles qu'en soient les conséquences pour moi.

Elle reprit son ascension.

– Assez parlé. Attends qu'on soit arrivés au sommet pour retourner dans ta chambre.

Rollan claqua des doigts.

– Si ça ne te fait rien, j'aimerais bien t'emprunter ce couteau.

Ahmar le lui tendit.

– Bonne chance.

Long et en colimaçon, l'escalier avait des marches irrégulières. Ils allumèrent toutes les torches qu'ils purent atteindre, mais les appliques étaient séparées les unes des autres, et par moments ils plongeaient dans l'obscurité totale.

Ils étaient presque arrivés tout en haut, quand une puissante explosion ébranla le château.

– C'était quoi ? demanda Tasha, à l'arrière du groupe. Un canon ?

– Impossible, répliqua LaReimaja en grimpant deux à deux les dernières marches. Aucun navire dans tout l'Erdas ne pourrait envoyer un boulet sur les remparts de Zourtzi. Les eaux qui entourent la

forteresse ne sont pas assez profondes pour qu'on s'en approche.

Elle poussa la porte et la lumière inonda l'escalier.

– Suivez-moi, c'est vide.

Ils se précipitèrent dans le couloir, se figeant un instant quand une nouvelle déflagration secoua la forteresse. Rollan jeta un coup d'œil par une fenêtre.

– Regardez ! s'exclama-t-il, stupéfait.

Ils se rassemblèrent autour de lui. Zourtzi était en effet bombardée... par ses propres canons. De là où ils se trouvaient, ils en voyaient sur deux des tours pointés en direction des murs intérieurs. Plus bas, des archers tiraient des flèches sur les assaillants. Mais, dès qu'ils en touchaient un, un autre prenait sa place.

– Par là ! indiqua Tasha.

Une marée d'attaquants traversait la mer à la nage vers le château. Les plus proches escaladaient les falaises artificielles. Des animaux les accompagnaient.

À cette distance, il n'était pas possible de voir si une spirale noire marquait leur front, mais nombre d'entre eux portaient une cape verte sur les épaules.

– Ce sont des Capes-Vertes ? s'étonna Tasha. Ils sont si nombreux !

Abéké détourna son regard.

– Je ne saurais dire. J'ignore combien il y avait d'hommes à Havre-Vert.

Pour une fois, Abéké se réjouit que Meilin et Conor soient enfermés sous la terre. Elle doutait de pouvoir combattre ses amis s'ils s'étaient trouvés parmi la foule des infectés.

– Combien de vos gardes ont des animaux totems ? demanda-t-elle.

– Quelques-uns seulement, répondit LaReimaja. Pas assez pour arrêter une armée de Capes-Vertes. Zourtzi va tomber, c'est inévitable.

– Attention, les amis ! avertit Rollan. On a de la visite.

Un groupe de dix soldats déferla dans le couloir, leurs armes brandies. Mais, au lieu de les attaquer, ils se plantèrent devant eux.

– Lord Faisel nous a donné l'ordre de vous escorter, vous, ainsi que Kirat, en lieu sûr, annonça l'un d'eux.

– Très bien, allons-y, acquiesça LaReimaja.

Ils continuèrent vers la chambre de Kirat. LaReimaja ne prit même pas la peine de frapper à la porte.

Kirat se tenait devant son armoire, Cabaro à ses côtés. Il serrait dans ses bras un sac rempli de vêtements.

– Mère !

Il s'élança vers elle.

– Un des gardes vient de me dire qu'on doit partir.

– Je sais, dit-elle en lui prenant le sac des mains. Oublie tes vêtements, prends des armes, plutôt.

Elle se tourna vers Abéké.

– Tu préfères un arc, n'est-ce pas ? Kirat en a un tout neuf avec un carquois rempli de flèches sur l'étagère du haut de sa commode.

– Mère ! s'exclama Kirat, outré. Que fais-tu avec ces prisonniers ? Pourquoi lui donnes-tu mon arc ? C'était un cadeau de Père !

– Oui, mais tu n'as jamais appris à t'en servir. Mieux vaut le confier à quelqu'un qui saura le manier.

Abéké trouva l'arc et le passa autour de ses épaules. Elle remarqua qu'Uraza et Cabaro se tournaient autour.

— Gentille, Uraza, pria-t-elle.

Uraza grogna en s'éloignant du lion, qui rugit en direction de Ninani et d'Essix. Aucun des deux oiseaux ne broncha.

— Ils ont l'habitude de ses menaces vides, commenta Rollan. Tu n'as pas de lionne avec toi pour se battre à ta place, cette fois, Cabaro.

La Bête Suprême adressa un regard méprisant au jeune garçon. Celui-ci jugea plus sage de reculer.

— Mère, que se passe-t-il? demanda Kirat. J'exige de savoir ce que tu fais avec ces Capes-Vertes!

Il montra Abéké du doigt.

— Surtout celle-là! Tu as vu ce qu'elle a fait à ma chambre? Ma fenêtre! Si père apprend que tu étais...

— Arrête avec tes questions! l'interrompit-elle, tranchante, avant de pousser un soupir. Mon fils, tu es trop gâté. J'en suis désolée, parce que c'est en partie ma faute. Mais aujourd'hui tu dois grandir.

Elle s'adressa à un des gardes:

– Vous, donnez-moi votre épée.

Elle s'en empara et la mit dans les mains de son fils.

– J'espère que tu n'as pas oublié ce qu'on t'a enseigné pendant tes cours d'escrime.

Rollan prit un bâton posé contre le mur.

– C'est mieux qu'un balai, non ? affirma-t-il en le donnant à Tasha.

– Prête ?

Elle le fit tournoyer en l'air.

– Plus que jamais. Et toi ?

Il tenait un poignard dans une main et le couteau d'Ahmar dans l'autre.

– Ça ira.

– Très bien, approuva LaReimaja en se tournant vers ses hommes. Kirat, reste à côté de moi. Gardes, placez-vous à l'arrière.

Les murs avaient déjà commencé à s'effondrer quand ils se précipitèrent dans l'escalier. Uraza avançait devant Abéké, sautant agilement par-dessus les immenses chandeliers qui étaient tombés du plafond et les grandes statues en marbre fracassées par terre. Malgré la faiblesse du lien, la jeune fille sentait l'énergie de la panthère couler dans son corps quand elle esquivait les débris qui pleuvaient sur eux.

Les oreilles d'Uraza se plaquèrent sur sa tête au moment où elle atteignait la porte. Abéké avait également entendu des voix dans l'escalier.

Elle fit un signe à un des gardes. Avec son front couvert de sueur, il lui rappelait Ahmar.

– Ouvrez. Mais doucement, pour que je regarde de l'autre côté.

Alors qu'il entrouvrait la porte, Abéké arma son arc et jeta un regard dans le passage. Une nuée de gardes, d'invités et de Capes-Vertes montait l'escalier à toute vitesse. Chacun portait la marque du parasite sur son front. C'était Ahmar qui menait la troupe, son visage désormais dépourvu de toute expression. Tout de suite derrière lui venait Dante, dont le bras était encore bandé. Abéké se demanda comment Zerif avait fait pour le trouver.

– Qu'est-ce que tu vois? demanda un garde dans son dos.

Abéké agita la main pour qu'il se taise, mais trop tard. L'armée d'infectés l'avait entendu et elle se ruait à présent dans leur direction.

– On se replie ! hurla-t-elle. Il faut qu'on trouve une autre issue.

Le garde referma rapidement la porte et deux autres traînèrent une statue pour la bloquer.

– Ça devrait les arrêter, expliqua un barbu.

– Sûrement pas, le contredit Rollan.

LaReimaja indiqua trois hommes du bout de son épée.

– Vous trois, emmenez Kirat et les Capes-Vertes dans le bureau de Faisel. Ne prenez pas les escaliers principaux, mais ceux de l'aile sud-ouest. Vous aurez ainsi plus de chances d'arriver à votre destination sans vous faire repérer.

Elle fixa son fils du regard.

– Il y a une petite trappe sous la table de travail de ton père. Emprunte ce tunnel, il te mènera dehors, vers le mur sud. De là, il faudra que tu trouves un moyen d'atteindre Caylif. Je sais que tu en es capable.

Kirat baissa son épée.

– Mais... tu ne viens pas avec nous ? demanda-t-il d'une voix faible qui montrait bien qu'il avait tout compris.

— Nous restons ici pour les retenir, confirma-t-elle.

Des coups résonnèrent depuis l'escalier. La porte ne cédait pas, pour l'instant.

— Mère, lâcha Kirat, les larmes aux yeux.

— Sois courageux, dit-elle en le prenant dans ses bras. Souviens-toi, ton oncle était un valeureux guerrier, le même sang que le sien coule dans tes veines.

Elle se tourna vers Rollan.

— Tarik a donné sa vie pour toi. Maintenant, c'est toi qui es responsable de la vie de mon fils. Je te le confie.

Rollan hocha la tête et esquissa une petite révérence.

— Je ne te décevrai pas.

Ils repartirent en arrière, tandis que LaReimaja et les gardes se préparaient au combat. Abéké jeta un regard en arrière quand elle fut au bout du couloir. LaReimaja s'était placée avec ses hommes droit devant la porte, sûrement pour trancher la tête des infectés dès qu'ils passeraient le seuil. C'est exactement ce que Tarik aurait conseillé.

Abéké rejoignit les autres, qui descendaient déjà les marches. Ils n'avaient pas besoin de l'ouïe admirablement fine d'Uraza pour savoir que la bataille faisait rage en bas de l'escalier.

— Je ne suis pas sûre que ce soit tellement mieux par ici, commenta Tasha. C'est plutôt bruyant.

— Existe-t-il un autre accès au bureau de Faisel ? demanda Abéké au garde barbu.

— On pourrait tenter l'escalier principal, répondit-il. Mais nous serions complètement exposés. N'importe qui dans le hall pourra nous voir dès qu'on sera en bas.

Il hésita.

— On devrait peut-être retourner sur nos pas.

— Non, nous ne sommes pas de taille.

— Il n'y a plus de sentinelles en bas, déclara le plus jeune des gardes. Nous avons une chance. En tout cas plus que...

Il avait dû remarquer l'air triste de Kirat.

— Je suis désolé, Votre Altesse.

— Laissons les excuses pour plus tard, intervint Rollan. Allons-y. Nous devons profiter au maximum du temps que LaReimaja nous accorde.

– D'accord, lança Abéké. Essayons de nous faufiler en bas et d'approcher le plus possible du bureau sans nous faire repérer. Nous combattrons dès que nous ne pourrons plus faire autrement.

Abéké et Uraza prirent la tête du convoi. De hauts murs entouraient l'escalier. Personne ne les verrait avant le dernier virage.

Soudain, ils entendirent des pas qui venaient vers eux. Abéké prépara son arc, prête à décocher une flèche. Elle resta pétrifiée en voyant celui qui venait au-devant d'eux.

Olvan !

Il chevauchait son élan, presque trop large pour passer dans l'escalier. La spirale sur son front semblait tourner de plus en plus vite à mesure qu'il approchait. Il grogna à leur adresse et son animal totem l'imita avec un gémissement sourd. Heureusement que les marches étaient étroites et raides, sinon le chef des Capes-Vertes les aurait déjà atteints depuis longtemps.

– Qu'est-ce que tu attends ? gronda Kirat. Tue-le !

– Je... je ne peux pas.

Elle tourna la tête vers Rollan, espérant qu'il aurait un autre plan. Le garçon avait blêmi. Il ne disait pas un mot.

– Qu'est-ce que je fais ? demanda Abéké.

Il avait le regard vide et hochait la tête, complètement perdu. Il ne savait pas quoi dire, ou n'en avait pas le courage.

Abéké pivota. L'élan d'Olvan avait accéléré, il serait bientôt sur eux. Elle leva son arc, pointa une flèche vers son front. Resterait-elle dans l'histoire comme la fille qui avait abattu le grand Olvan ?

Elle prit une profonde inspiration, visa et libéra la flèche. Touché à l'épaule, Olvan tomba de son élan et dégringola l'escalier avant de s'immobiliser sur son bras. Son animal totem recula de quelques pas avant de foncer sur eux.

Uraza s'élança à sa rencontre et se planta en face de lui. La panthère se plaqua contre le sol et laissa échapper un grognement étouffé. L'élan essaya de la transpercer de ses bois, mais Uraza esquiva et lui planta les griffes dans le flanc. L'élan se secoua et envoya Uraza percuter le mur. La panthère semblait assommée, mais elle se reprit vite et se positionna sur la défensive.

– Attention à ses sabots ! cria Abéké en essayant de viser la bête mais n'osant pas tirer de peur de rater sa cible et de toucher Uraza.

– Kirat, demande à Cabaro de nous aider, intervint Rollan. En s'associant à Uraza, ils arriveront à neutraliser l'élan d'Olvan.

Kirat secoua la tête.

– Pourquoi mettrais-je mon animal en danger ? Nous ne serions pas dans ce pétrin si elle l'avait abattu comme je le lui avais demandé !

– Bon sang, tu n'as pas honte ! s'indigna Tasha. Si Cabaro et toi avez trop peur pour vous battre, avec Ninani nous prenons votre place. Prête, Ninani ?

Mais Ninani n'était pas préparée à se joindre au combat. Elle défiait Cabaro de son regard impitoyable. Le lion essayait de la contourner, mais elle se plaçait constamment devant lui. Cabaro finit par lui rugir dessus. Il secoua sa crinière et bondit dans l'escalier, pour arriver sur le dos de l'élan et le mordre de tous ses crocs.

L'élan se débattit pour renverser le lion, qui ne fit que renforcer son emprise. Lentement, l'animal s'écroula. Cabaro le relâcha alors en poussant un puissant rugissement. La fourrure autour de la plaie dégoulinait de sang.

– Dites-lui de ne pas le tuer ! cria Rollan. C'est un ami.

– Pour un ami..., murmura Kirat.

Le lion s'éloigna de l'élan, mais seulement parce qu'Uraza l'avait poussé. À part quelques égratignures causées par les bois de l'élan, la panthère n'était pas blessée.

Abéké examina Olvan qui gisait dans l'escalier.

– Est-il... ne devrait-on pas vérifier... ?

– À quoi bon ? répliqua Rollan. Nous ne pouvons rien pour lui, de toute façon.

Il brandit son poignard.

– Prêts ?

– Quelle direction ? demanda Abéké aux gardes.

– Tout droit et à gauche, répondit le plus jeune.

Abéké compta jusqu'à cinq avant de dévaler l'escalier et de prendre le dernier virage vers le hall central.

Il y régnait un chaos indescriptible. Seuls quelques gardes tenaient encore, mais la plupart étaient morts... ou, pire, infectés.

– Ne laissez surtout pas le parasite vous toucher! cria Abéké en décochant sa première flèche.

Elle vint se planter dans la jambe d'une Cape-Verte. Elle en tira rapidement une autre pour l'achever. Elle ne connaissait pas cette jeune fille, mais cela ne rendait pas l'attaque moins douloureuse.

Elle contra ensuite un bâton brandi par un autre Cape-Verte. C'était Errol! Il avait participé à un des premiers entraînements d'Abéké à Havre-Vert. Uraza avait déjà bondi sur l'animal totem d'Errol. Elle secouait violemment le lémurien pour le balancer contre le mur. Errol marqua une pause pour constater les dégâts, ce qui offrit à Abéké l'occasion de lui envoyer une flèche dans la poitrine, mais pas directement dans le cœur.

– Je suis désolée, murmura-t-elle quand il s'écroula au sol.

Rollan transperça l'estomac de son adversaire tandis qu'Essix s'occupait du lézard du Cape-Verte.

– Où est Kirat? hurla-t-il en faisant volte-face.

– Là ! répondit Abéké en le montrant du doigt.

Elle accourut vers le jeune garçon, mais trébucha en voyant qui était devant lui.

– Non !

Kirat se battait avec Finn, leur ami du nord de l'Eura. Cabaro, lui, affrontait son chat sauvage noir. Finn, un pacifiste d'ordinaire, avait été un des meilleurs guerriers Capes-Vertes. Et pourtant Kirat se défendait bien contre lui ! Il était même peut-être plus habile que Meilin avec une épée. Mais jamais Abéké ne l'avouerait à aucun des deux.

– Tu peux l'atteindre à l'épaule ? demanda Rollan. Comme tu l'as fait avec Olvan ?

Abéké prépara une flèche et secoua la tête.

– Ils bougent trop vite. Je pourrais toucher Kirat par erreur.

– Mais c'est Finn ! s'exclama Rollan. Kirat est sur le point de l'abattre !

Donn, le chat sauvage de Finn, mordit Cabaro à la patte. Le lion poussa un gémissement qui désta-bilisa Kirat, offrant une ouverture à son adversaire. D'un coup d'épée, il incisa le bras du garçon. Kirat poussa un cri de douleur mais ne lâcha pas son épée.

Abéké leva son arc. Elle ne voulait pas faire de mal à Finn. C'était son ami. Un Cape-Verte comme elle. Mais elle devait avant tout protéger Kirat.

Tasha et Ninani arrivèrent sur Finn avant qu'Abéké ait eu le temps de tirer sa flèche. Quand Finn s'élança sur la jeune fille, elle para son coup et lui balança son bâton dans les genoux. Elle le frappa ensuite à la tête pour l'assommer.

– J'aurais pu me débrouiller seul, pesta Kirat en examinant son bras.

– De rien, ironisa Tasha.

– Dos à dos ! ordonna Rollan. C'est notre seule chance de nous en tirer !

– On n'arrivera jamais jusqu'au bureau de mon père, se lamenta Kirat.

Du sang coulait de sa blessure et il laissait une traînée derrière lui.

– Alors sortons par l'entrée principale, répliqua Abéké. Maintenant !

Le groupe avança pas à pas vers la porte. Les trois gardes entourèrent les enfants pour couvrir leurs arrières. Même s'ils étaient dans un état bien pire que celui de Kirat, ils se battaient encore vaillamment pour les escorter.

À quelques mètres du seuil, un Cape-Verte avec une barbe blanche se jeta sur le groupe. Les gardes le repoussèrent sans difficulté. Alors qu'il glissait au sol, Abéké tenta de se rappeler son nom. Ce n'est qu'en voyant la tortue géante qu'elle reconnut Erlan, le bibliothécaire. Personne n'était donc à l'abri des parasites de Zerif?

— Retirez-le-moi! hurla le jeune garde en lâchant son épée et en s'essuyant le visage.

Mais c'était trop tard. Un parasite avait déjà pénétré sous sa peau et s'entortillait en une spirale sur son front. Abéké regarda par-dessus son épaule, et vit la fiole vide dans la main d'Erlan.

— Tranchez-le! crièrent les deux autres.

— Non, protesta Rollan, on ne peut plus rien pour lui.

Les yeux du garde infecté s'éteignirent. Il poussa un grognement et attaqua Kirat. Un soldat s'interposa aussitôt.

— On le retient! lâcha-t-il en se battant avec son camarade. Partez!

Ils se ruèrent sur la porte.

– On y est presque ! s'écria Rollan en sautant au-dessus d'une chaise renversée.

– Et maintenant ? demanda Kirat.

– Il faut arriver au bateau, répondit Abéké. Si on y arrive, on pourra quitter l'île.

Ils sortirent enfin du château en repoussant d'autres Capes-Vertes encore sur leur chemin. Lorsqu'Abéké regarda derrière elle pour voir si les autres suivaient, elle aperçut un éclair rouge du coin de l'œil. Et deux autres encore, entre les capes vertes et les cottes de mailles argentées des gardes.

Était-il possible que... ?

Elle scruta la foule et finit par les voir.

Les Capes-Rouges.

Plus loin, un groupe de combattants résistait à l'envahisseur aux côtés des gardes de Faisel. Certains étaient armés, d'autres luttaient à mains nues. Même s'ils étaient peu nombreux, ils semblaient avoir l'avantage.

– Suis-moi, lança un des Capes-Rouges en apparaissant derrière Abéké. Le bateau est prêt.

Contrairement aux autres, dont les masques avaient tous les traits d'un animal, le sien était lisse et blanc. C'était peut-être lui qui les avait déjà sauvés à Stetriol, Abéké n'aurait su le dire.

Alors qu'ils traversaient la cour, Kirat s'arrêta net.

– Père !

Il retourna vers le champ de bataille.

– Reviens ! l'appela Rollan, en tentant de l'attraper par le bras.

En face d'eux, Faisel se battait contre un homme caché sous une capuche noire.

Son adversaire se tourna. Abéké retint sa respiration. Zerif.

Cabaro grogna et griffa le sol avant de rejoindre son humain.

– Partez vers le bateau, ordonna le Cape-Rouge. Je récupère le garçon et le lion.

– Non, emmène Tasha et Ninani au bateau. Avec Rollan, on s'occupe de Kirat.

– Mais..., lâcha Tasha en secouant la tête.

– On ne discute pas ! Allez-y !

Le Cape-Rouge hésita et resta un instant à la dévisager. Même si Abéké ne voyait pas son visage,

elle imaginait bien qu'il voulait protester. Il finit par hocher la tête.

– On attendra aussi longtemps qu'il le faudra, conclut-il, d'une voix étonnamment douce.

Il emmena ensuite Tasha avec lui.

Abéké et Rollan repartirent dans la cour, Uraza sur leurs talons, Essix dans les airs. Kirat avait presque rejoint son père quand un des infectés se jeta sur lui et le plaqua au sol.

– Kirat ! hurla Faisel.

Il abandonna le combat pour se précipiter vers son fils. Zerif sortit alors un poignard de sa ceinture pour le planter dans le dos du marchand. Malgré le vacarme retentissant, Abéké perçut le son reconnaissable du métal qui traverse la chair quand Faisel tomba à genoux.

Essix arriva sur Kirat avant Rollan et Abéké. Elle enfonça les serres dans le visage du garde. Rollan l'acheva ensuite d'un coup de couteau dans la poitrine.

Abéké aida Kirat à se relever.

– Tu es blessé ?

— Je vais bien, dit-il en se dégageant brusquement. Mais mon père... !

Abéké l'empoigna par sa chemise avant qu'il ne puisse repartir.

— Tu ne pourras pas l'aider si tu meurs.

Faisel gisait sur le sol, le visage dans la poussière. Abéké ne savait pas s'il respirait encore.

— On doit y aller ! pressa-t-elle. Maintenant !
Honore le sacrifice de tes parents, ne le rends pas vain.

— Vous me faussez déjà compagnie ?

Abéké pivota sur elle-même. Posté devant eux, Zerif leur bloquait l'accès au quai. Il tenait dans la main une fiole en verre ouverte et dans l'autre un poignard.

La jeune fille s'interposa entre lui et Kirat, tout en cherchant une flèche dans son carquois. Mais il était vide.

Elle prit alors son arc à deux mains, prête à se défendre contre Zerif.

Mais, plutôt que de les attaquer, il se contenta de sourire. Il renversa la fiole et un parasite se tortilla dans sa main.

– Je ne vous ai jamais aimés, déclara Zerif. Je vous balancerai du haut d'une falaise dès que vous serez sous mon contrôle.

Il jeta la vermine sur Abéké.

Tout se déroula comme au ralenti. Abéké se positionna pour esquiver, consciente que c'était peine perdue. Mais, avant même qu'elle brandisse son arc, Uraza bondit entre Abéké et le parasite.

– *Non!* hurla la jeune fille en lâchant son arc pour s'élancer vers la panthère.

Uraza se cambra et s'écrasa par terre, essayant d'arracher le ver grisâtre de sa fourrure. En vain. Il s'était déjà introduit en elle.

Soudain, la panthère s'immobilisa, avant de se relever petit à petit.

Abéké sentit son esprit s'éteindre, sa peau se glacer. En fait, elle n'éprouvait plus aucune sensation, comme si ses bras, ses jambes et son cerveau avaient cessé d'exister.

Elle se recroquevilla sur le sol. Elle était incapable de réfléchir. Il fallait qu'elle agisse, elle le savait, mais plus aucune connexion ne s'établissait dans sa tête.

Elle vit Zerif devant elle. Il bougeait les lèvres, mais elle ne l'entendait pas. Ses oreilles, comme le reste de son corps, refusaient de fonctionner.

– Intéressant, c'est même mieux que de te faire tomber d'une falaise, disait Zerif quand elle parvint enfin à distinguer ses mots. Uraza, tue-la, ordonnat-il en se caressant la barbe.

La panthère la repoussa de son museau et grogna. Toujours paralysée, Abéké tenta de mobiliser son esprit afin de retrouver son lien avec son animal totem. Mais il ne restait plus rien, aucune connexion.

Elles étaient devenues étrangères l'une à l'autre.

Uraza, s'il te plaît. Écoute-moi ! Elle scruta le regard mauve de la panthère, qui semblait la voir pour la première fois.

Et soudain Uraza bondit sur Abéké, griffes en avant, crocs sortis. Abéké se prépara à l'attaque.

Mais Cabaro intervint et percuta la panthère de plein fouet. Les deux félins roulèrent dans la poussière en une lutte sans merci.

Sans l'intervention du lion, Uraza aurait déchiqueté Abéké.

– Ne lui fais pas de mal ! supplia Abéké.

Elle parvint enfin à se reprendre et à retrouver l'usage de ses membres.

– Suivant ? demanda Zerif, impitoyable.

Il avait sorti une autre fiole.

– Cabaro ? Essix ?

– Personne, répliqua le Cape-Rouge.

Il se tenait derrière Abéké, une arbalète pointée vers Zerif.

– Tu penses pouvoir m'abattre avant que je n'envoie cela ?

– Tu veux essayer pour voir ? rétorqua le Cape-Rouge.

Zerif sourit.

Une seconde plus tard, Uraza disparut dans un éclair. Zerif leva sa chemise pour admirer son nouveau tatouage.

Abéké ne respirait plus.

– On y va. Maintenant ! cria Rollan.

Abéké fixait de son regard incrédule Zerif et l'image d'Uraza dessinée sur sa peau. Elle sentit qu'on la relevait, et avec le Cape-Rouge ils parvinrent à se frayer un chemin à travers les combattants. Elle

l'entendit donner des ordres aux autres guerriers en rouge, dans la cour tout d'abord, et ensuite sur la petite embarcation. Mais les sons lui parvenaient comme si elle était sous l'eau en train de se noyer.

Son cœur, son âme se trouvaient encore sur le champ de bataille avec Uraza.

Capes-Rouges

R ollan restait muet. Ils avaient réussi à s'enfuir une fois de plus, mais à quel prix? Après
avoir traversé le canal, les Capes-Rouges les
avaient accueillis sur leur navire. Ils étaient une vingtaine à bord. Rollan distingua quelques noms : Howl,
Worthy et Stead entre autres. Respectueusement, ils
donnèrent aux quatre enfants le temps de se remettre,
mais il fallait désormais apporter des réponses.

Rollan s'approcha de Tasha et Kirat installés sur des marches en bois. La jeune fille refaisait sa tresse en fredonnant. Kirat, lui, passait et repassait un couteau sur un bout de bois qu'il avait dû ramasser par terre. Tasha avait rappelé Ninani à son état passif, mais Cabaro se reposait sur le pont. Le lion grognait chaque fois que la houle se renforçait, mais sans bouger de sa place. Rollan ne savait s'il voulait réconforter le jeune garçon ou s'il était trop fier pour prendre sa forme passive.

— Tu devrais aller dans la cale pour qu'on soigne ton bras, conseilla Rollan.

Kirat l'avait pansé pour arrêter le sang, mais le bandage était déjà trempé.

— On ne t'a pas sauvé juste pour que tu meures d'une hémorragie.

— Je ne vous ai rien demandé, lâcha tout bas le jeune garçon. J'aurais dû rester avec mes parents. Avec mon aide, ils auraient pu arrêter l'assaillant.

— Sûrement pas. Et tu n'aurais pas survécu non plus. Ou alors tu serais devenu un autre des esclaves du parasite. On t'a sauvé la vie, Kirat, tu devrais te montrer reconnaissant.

Kirat se leva et planta son couteau dans la rambarde en bois.

– Rien de tout cela ne serait arrivé si vous n'étiez pas venus !

– Tu sais, je suis vraiment fatigué de tes jérémiades, affirma Rollan. Tu avais une belle vie, Kirat. Vraiment confortable. Mais c'est terminé. Tes parents et leurs hommes sont morts pour te protéger. Le moins que tu puisses faire, c'est honorer leur sacrifice.

Rollan secoua la tête.

– Allez, descends faire nettoyer cette blessure.

Rollan tourna les talons.

– Attends, le rappela Kirat.

Sa voix, toujours aussi rebelle, avait cependant perdu un peu de son arrogance.

– Qui est l'homme dont tu parlais avec ma mère ? Qui est ce Tarik ?

Rollan espérait que son visage n'avait pas trahi l'émotion qui l'avait saisi à la mention de ce nom. Il ne pouvait se le permettre devant Kirat.

– C'était un Cape-Verte. L'un des meilleurs hommes qu'il m'ait été donné de rencontrer.

Il s'interrompit et prit une profonde respiration pour se calmer.

– Et c'était aussi ton oncle. La plupart d'entre nous rêveraient d'être comme lui.

Il sentait les larmes monter. Il ne tiendrait plus longtemps.

– Il a donné sa vie pour moi. Il...

– Rollan, ça peut attendre, intervint Tasha.

Elle se leva à son tour et posa une main sur l'épaule de Kirat.

– Viens, je vais soigner ta plaie.

Rollan fit un signe de la tête en direction de Tasha et les regarda descendre dans la cale. Il comprenait pourquoi Ninani l'avait choisie. Toutes les deux semblaient sentir le moment précis où leur aide était la bienvenue.

Rollan sortit de sa poche le pendentif que lui avait donné LaReimaja.

Un ovale en bronze avec deux lignes qui se croisaient, LaReimaja lui avait dit que c'était le symbole de la vie. Le pendentif avait été transmis de génération en génération dans sa famille et elle voulait qu'il le donne à Kirat «quand il serait prêt».

Rollan avait demandé plus de précisions, mais LaReimaja avait juste dit en souriant qu'il le saurait.

Il rangea le bijou et partit de l'autre côté du bateau. Debout devant le bastingage, Abéké avait le regard rivé sur Zourtzi. On voyait à peine la forteresse, mais un épais nuage de fumée noire s'en échappait encore pour assombrir le ciel.

– Comment te sens-tu ?

Elle grimaça.

– Vide. Perdue. Seule...

Rollan lui entoura les épaules de son bras. Elle avait la peau glacée.

– Tu n'es pas seule.

Aucune expression ne se lisait dans les yeux d'Abéké.

– Elle était là et, en moins d'une seconde, elle a disparu. Elle ne me reconnaissait plus. C'était comme si notre lien n'avait jamais existé.

– Nous la ramènerons. Je te le promets.

Abéké et Rollan se tournèrent en entendant des pas derrière eux. Le chef des Capes-Rouges. Celui qui portait un masque sans visage. Celui qui les avait sauvés plusieurs fois déjà.

– Tout le monde va bien? demanda-t-il.

Il leur parlait à tous les deux, mais Rollan remarqua qu'il ne s'adressait qu'à Abéké.

– On va survivre, répondit Rollan. Et si tu nous expliquais un peu ce qui se passe ici? exigea-t-il en se croisant les bras. On a besoin de savoir.

– Bientôt, répliqua le Cape-Rouge. Soyez patients. On vous emmène en lieu sûr.

– Et c'est où? interrogea Rollan. Au cas où tu ne l'aurais pas remarqué, il n'existe plus de lieu sûr. Zerif peut nous retrouver partout. À Zourtzi, à Stetriol et même à Havre-Vert.

Le Cape-Rouge laissa échapper un soupir.

– Alors les rumeurs sont vraies. Havre-Vert est tombé, dit-il en se tournant vers la mer. Vous devriez vous reposer. D'autres batailles nous attendent.

– Au moins, dis-nous ton nom, intervint Abéké. Tu nous as sauvés à plusieurs reprises, continua-t-elle en avançant d'un pas. Dis-nous qui tu es, et nous pourrons te remercier comme il se doit.

Le Cape-Rouge hésita.

– On m'appelle King. Je suis le chef des Capes-Rouges.

Abéké esquissa une petite révérence.

– Merci. Nous te sommes redevables pour toujours.

King se remit en route, mais s'arrêta.

Il se tourna lentement vers Abéké.

– Autrefois j'étais connu sous un autre nom.

Il passa une main derrière la tête et retira son masque.

– Tu me connaissais sous le nom de Shane.

Rollan fit un pas en arrière. C'était bien Shane, mais il n'était plus le même que quand Rollan l'avait affronté la dernière fois. Il avait les yeux jaunes, comme ceux d'un crocodile.

Abéké avança à son tour.

– Toi ! siffla-t-elle. J'aurais dû m'en douter ! Tu es derrière tout ça, n'est-ce pas ?

Elle retroussa ses manches, mais se figea, à bout de souffle. Rollan comprit qu'elle avait essayé d'appeler Uraza.

– Peu importe, lâcha-t-elle en serrant les poings. Je te combattrai, avec ou sans Uraza.

Rollan attrapa la jeune fille par le bras avant qu'elle ne puisse attaquer.

– Calme-toi, il vient de nous sauver la vie.

Abéké se dégagea violemment.

– Tu te souviens de la dernière fois où Shane m'a sauvé la vie, à moi ? Ce n'était qu'un subterfuge pour s'introduire à Havre-Vert et nous trahir.

– C'était avant, riposta Shane. Il y a bien longtemps. Beaucoup de choses ont changé depuis... C'est évident.

Il baissa la tête, ses yeux de crocodile petits et tristes. Il laissa échapper un profond soupir et remit son masque.

– Je sais que c'est difficile, mais il faut que tu me fasses confiance. Que tu nous fasses confiance. Je dois vous montrer quelque chose. Ça pourrait être la clé pour sauver l'Erdas, et peut-être pour sauver Uraza aussi.

Il fit encore un pas et contempla la mer.

– Nous voguons vers le Lieu de Désolation.

Cet ouvrage a été mis en pages
par DV Arts Graphiques à La Rochelle

Impression réalisée par
Rotolito Lombarda
en décembre 2017

Imprimé en Italie